EVGUIÊNI ONIÉGUIN
Romance em versos

ALEKSANDR SERGUÉIEVITCH PÚCHKIN nasceu em Moscou, em 1799, no Império Russo, filho de um oficial da pequena nobreza e da neta de Abram Petróvitch Gannibal, negro africano que o tsar Pedro, o Grande, cem anos antes, transformara em general e político influente. Púchkin escreve seus primeiros poemas aos sete anos, em francês, e, aos doze, ingressa no novo Liceu de Tsárskoie Sieló, escola para a elite, patrocinada pelo tsar, em São Petersburgo. Ainda estudante, já se torna poeta famoso. Concluído o curso, é nomeado para um cargo de baixo escalão no Ministério do Exterior. Leva vida desregrada, em cabarés e casas de jogo, contrai dívidas e frequenta reuniões políticas com intelectuais e oficiais influenciados por ideias iluministas. Aos dezenove anos, escreve seu primeiro poema narrativo longo, "Ruslan e Liudmila", inspirado na temática nacional e popular russa. De forma anônima, escreve poemas críticos à ordem vigente, que circulam em manuscritos ou são recitados de memória em saraus. Em 1820, é transferido para o sul do Império Russo, longe das principais cidades, onde o tsar Alexandre I tem esperança de regenerá-lo. No sul, Púchkin tem contato com povos do Cáucaso, experiência que marcará sua obra, como se verifica nos poemas narrativos "A fonte de Bakhtchissarai", "O prisioneiro do Cáucaso" e "Os ciganos". Em 1823, começa a escrever sua obra mais importante: o romance em versos *Evguiêni Oniéguin*. Envolve-se com numerosas amantes e começa a travar duelos de pistolas. Serão mais de vinte ao longo da vida, e sua morte, em 1837, ocorrerá justamente num desses combates. Em 1824, é transferido para a fazenda da mãe, perto de Pskov, onde escreve várias obras e se interessa pelos contos populares da tradição oral, transmitidos a ele por sua antiga babá. Tais histórias servirão de base para muitos poemas, como "O conto do tsar Saltã" e "O galo de ouro". Em 1825, quando ocorre a revolta dos decabristas na capital, Púchkin está isolado nessa fazenda, onde escreve, entre outras obras, o drama histórico *Boris Godunov*.

Por isso não participa da insurreição em São Petersburgo, cujo desfecho leva alguns amigos do poeta à forca ou à deportação. Em 1826, o novo tsar, Nicolau I, o autoriza a voltar para Moscou e São Petersburgo, mas se torna, ele mesmo, o censor de suas obras. Autorizado pelo tsar, Púchkin tem acesso aos arquivos oficiais e aprofunda seu interesse por temas históricos nacionais. Sua correspondência é vigiada e suas obras, constantemente proibidas. Em 1830, por causa de uma epidemia de cólera, se vê isolado, em quarentena, em Bóldino, propriedade rural da família, ocasião em que escreve uma quantidade impressionante de obras, entre elas: *Contos de Bélkin* (em prosa), *Mozart e Salieri* e *O convidado de pedra* (teatro), dezenas de poemas líricos e os capítulos finais de *Evguiêni Oniéguin*. O episódio é chamado de "Outono de Bóldino", expressão logo incorporada à língua russa para designar uma ocasião de intensa criatividade. Em 1831, se casa com Natália Gontcharova, célebre por sua beleza. Púchkin é nomeado para um cargo mais elevado no Ministério do Exterior. Mesmo assim, as dificuldades financeiras se agravam, porque o tsar e a tsarina exigem agora a presença da esposa de Púchkin nos luxuosos bailes da corte. Em 1833, na mesma Bóldino, ocorre o chamado "Segundo outono de Bóldino", quando Púchkin escreve, entre outras obras, o poema *O cavaleiro de bronze*, a novela *A dama de espadas*, vários contos fantásticos inspirados na tradição oral popular e trabalha na sua *História de Pugatchov*, líder de uma grande revolta camponesa no século XVIII. Em 1836, funda a revista *O contemporâneo*, que marcará a cultura russa no século XIX. Na corte, sua esposa é assediada por um barão francês, D'Anthès, protegido do embaixador da Holanda. A situação se agrava com violentas trocas de insultos e, no ano seguinte, Púchkin é morto por D'Anthès num duelo, nos arredores de São Petersburgo.

RUBENS FIGUEIREDO nasceu em 1956, é escritor e tradutor. Entre seus livros, estão os romances *Barco a seco* (2001, Prêmio Jabuti), *Passageiro do fim do dia* (2010, Prêmio Portugal-Telecom e Prêmio São Paulo) e os livros de contos *O livro dos lobos* (1994-2008), *As palavras secretas* (1998, Prêmio Jabuti e

Prêmio da Biblioteca Nacional) e *Contos de Pedro* (2006). Suas traduções incluem obras russas de Tchékhov, Turguêniev, Gontcharóv, Górki, Tolstói, Dostoiévski, Gógol e Bábel. Recebeu o prêmio da Biblioteca Nacional pela tradução de *Ressurreição*, e os prêmios da Academia Brasileira de Letras e da Associação Paulista de Críticos de Artes (apca) pela tradução de *Guerra e paz*, ambos de Liev Tolstói.

ALEKSANDR PÚCHKIN

Evguiêni Oniéguin
Romance em versos

Tradução do russo, apresentação e notas de
RUBENS FIGUEIREDO

COMPANHIA DAS LETRAS

Copyright © 2022 by Penguin-Companhia das Letras
Copyright da apresentação © 2022 by Rubens Figueiredo

Grafia atualizada segundo o Acordo Ortográfico da Língua
Portuguesa de 1990, que entrou em vigor no Brasil em 2009.

Penguin and the associated logo and trade dress are registered
and/or unregistered trademarks of Penguin Books Limited and/or
Penguin Group (USA) Inc. Used with permission.

Published by Companhia das Letras in association with
Penguin Group (USA) Inc.

TÍTULO ORIGINAL
Евгений Онегин

CRÉDITOS DAS IMAGENS DE MIOLO
Sobranie sochinenii : v 10-ti tomakh/ A.S. Púchkin;
Vol. 4: *Eugene Onegin*. Moscou: Dramatic works, 1960.
Cortesia da Biblioteca Nacional da Rússia

PREPARAÇÃO
Guilherme Gontijo Flores

REVISÃO
Paula Queiroz
Gabriele Fernandes

Dados Internacionais de Catalogação na Publicação (CIP)
(Câmara Brasileira do Livro, SP, Brasil)

Púchkin, Aleksandr, 1799-1837

Evguiêni Oniéguin : Romance em versos / Aleksandr
Púchkin ; tradução do russo, apresentação e notas de Rubens
Figueiredo. — 1ª ed. — São Paulo : Penguin-Companhia das
Letras, 2023.

Título original: Евгений Онегин
ISBN 978-85-8285-158-6

1. Poesia russa I. Figueiredo, Rubens. II. Título.

22-133418   CDD-891.7

Índice para catálogo sistemático:
1. Poesia : Literatura russa 891.7
Cibele Maria Dias — Bibliotecária — CRB-8/9427

Todos os direitos desta edição reservados à
EDITORA SCHWARCZ S.A.
Rua Bandeira Paulista, 702, cj. 32
04532-002 — São Paulo — SP
Telefone (11) 3707-3500
www.penguincompanhia.com.br
www.companhiadasletras.com.br
www.blogdacompanhia.com.br

Sumário

Apresentação — Rubens Figueiredo	9
Nota da edição	23
Ilustrações do original russo	25

EVGUIÊNI ONIÉGUIN

Primeiro capítulo	39
Segundo capítulo	73
Terceiro capítulo	99
Quarto capítulo	127
Quinto capítulo	155
Sexto capítulo	183
Sétimo capítulo	209
Oitavo capítulo	241

Notas do autor	275
Fragmentos da viagem de Oniéguin	281
Apêndice	
Décimo capítulo	293

Apresentação

RUBENS FIGUEIREDO

Púchkin começou a escrever *Evguiêni Oniéguin* em maio de
1823, aos 24 anos, na Moldávia, para onde fora transferido por ordem do tsar Alexandre I. A presença do escritor
na capital, São Petersburgo, era indesejável por causa de seu
comportamento crítico à ordem social e até escandaloso, do
ponto de vista da moralidade dominante. Por isso, em 1820,
o governo determinara sua transferência para o sudoeste do
Império Russo e, como punição adicional, o proibira de voltar à capital. Naquela altura, aos 21 anos, Púchkin era fun-
cionário do Ministério do Exterior. Em seu "exílio", como
é costume chamar toda essa fase, a vida desregrada e o jogo
agravavam suas dívidas, pois, além de receber um salário baixo, sua família não lhe dava nenhuma ajuda financeira.

Em carta a um amigo, no fim de 1823, Púchkin registrou:
"O que estou escrevendo, agora, não é um romance, mas um
romance em versos — uma diferença diabólica".* A essa altura, ele já residia em Odessa, cidade portuária, à beira do mar
Negro. Foi lá que terminou o primeiro capítulo deste livro,
escreveu o segundo e começou o terceiro, que só concluiu no
ano seguinte, em Mikháilovskoie (propriedade rural de sua
família, na região de Pskov). Lá, entre 1825 e 1826, escreveu
o quarto, o quinto e o sexto capítulo. Nesse ano, o novo imperador, Nicolau I, permitiu que Púchkin voltasse para São

---

* Carta de 4 de novembro de 1823 para P. A. Viázemski.

Petersburgo e Moscou, cidades onde o poeta deu sequência
à elaboração dos capítulos finais de *Evguiêni Oniéguin* (ou
seja, o sétimo e o oitavo), entre 1827 e 1830.

Mas a conclusão desses capítulos só foi levada a cabo, a
rigor, no outono de 1830, em Bóldino (perto de Níjni Nóvgorod), propriedade rural que o pai deu a Púchkin de presente
naquele ano, pois o filho estava prestes a casar. O poeta tinha intenção de ficar em Bóldino apenas alguns dias, porém
uma epidemia de cólera o manteve lá, em quarentena força-
da, por quase quatro meses. Nesse intervalo, além de concluir
Evguiêni Oniéguin, Púchkin escreveu uma extraordinária
quantidade de obras, de vários gêneros, de tal modo que a
expressão "outono de Bóldino" se incorporou à língua russa
como sinônimo de uma ocasião excepcionalmente produtiva
e criativa.

No ano seguinte, o romance continuou a sofrer diversas
alterações (por exemplo, a inclusão de "A carta de Oniéguin
para Tatiana", no oitavo capítulo), até a publicação da obra
em seu conjunto, na forma de um livro único, em 1833. Até
então, ao longo de todos esses anos, os capítulos de *Evguiêni
Oniéguin* tinham sido publicados quase um a um, em periódicos ou em fascículos, com grandes intervalos. Por fim,
algumas últimas modificações foram acrescentadas para a
segunda edição — tida como a expressão mais fidedigna da
vontade do autor —, publicada em 1837, praticamente na
mesma semana em que Púchkin foi morto num duelo.

O projeto original do livro abrangia pelo menos dez capítulos. No entanto, no curso do trabalho, Púchkin transformou o nono capítulo em oitavo, e este, em vez de ser simplesmente suprimido, foi retalhado e deslocado para uma
espécie de apêndice, com o título de "Fragmentos da viagem
de Oniéguin". Além disso, a obra inclui, ao final do oitavo
capítulo (e não no rodapé), notas do próprio autor, nas quais
o texto é discutido, explicado e ironizado, num contraponto
de informações paralelas, como uma conversa de bastidores
que se entrecruza com os comentários do narrador. Por últi-

APRESENTAÇÃO

mo, cabe lembrar que Púchkin queimou os manuscritos do que seria o décimo capítulo. Antes, porém, registrou alguns trechos de maneira cifrada, num código pessoal, que só foi decodificado, ao menos em parte, no início do século xx, por um filólogo russo. Esses fragmentos figuram nesta nossa edição, em forma de apêndice.

A par disso, o leitor notará que fragmentos de versos, partes de estrofes e mesmo estrofes inteiras foram suprimidos pelo autor e substituídos por linhas pontilhadas. Alguns desses trechos foram, de fato, escritos e até publicados na fase da edição avulsa dos capítulos; outros existem nos rascunhos, mas nunca foram publicados em vida do autor; há ainda os que jamais foram escritos e são, portanto, supressões fictícias. Todas essas operações que descrevemos aqui denotam que Púchkin tinha o plano consciente de construir e apresentar seu romance em versos como uma obra inacabada, cercada de lacunas, enigmas e mesmo contradições. Não por acaso, logo no fim do primeiro capítulo, o narrador diz: "Contradições, aqui, tem de sobra./ Mas a corrigi-las não me atrevo". E, na penúltima estrofe do livro, o narrador descreve *Evguiêni Oniéguin* como um "livre romance", que ele, um dia, avistou por um "cristal mágico".

Tal motivação artística, no entanto, se somava a fatores de outra ordem. Púchkin era vigiado; sua correspondência, não raro, era violada, e, a partir da ascensão de Nicolau I ao trono, o controle sobre sua obra tornou-se ainda mais rigoroso. Pois, em 1826, quando Púchkin foi autorizado a voltar para a capital, Nicolau I fez questão de ter uma conversa particular com o poeta. Ao mesmo tempo que lhe ofereceu algum apoio material, deixou claro também que, dali em diante, seria ele, o próprio tsar, o censor de seus escritos. Cabe sublinhar que o fato se deu logo após a repressão da revolta decabrista (ou dezembrista, se traduzirmos para o português) e a condenação dos conspiradores.

Portanto, quando queimou o manuscrito do décimo capítulo, quatro anos depois desse encontro com o tsar, Púchkin havia de ter em mente os riscos a que se veria exposto, em função do tema explosivo do capítulo: a própria revolta decabrista, seus antecedentes e seu desfecho. Nesse aspecto, aliás, não é exagero afirmar que, no centro de todo o longo período histórico em que *Evguiêni Oniéguin* foi escrito e publicado pouco a pouco, situa-se, justamente, a revolta dos decabristas. Nunca mencionado na obra, o fato histórico, no entanto, acompanha todo o livro como uma sombra. Afinal, como vimos, embora a redação do romance tenha começado mais de dois anos antes da revolta, o movimento conspiratório, de algum modo, já estava em curso havia um bom tempo.

Ocorreu que, em dezembro de 1825, na capital e em outras cidades do Império Russo, eclodiu uma insurreição liderada por militares de alta patente e intelectuais importantes. Se os revoltosos nutriam projetos políticos diversos, que iam desde um regime francamente republicano até a monarquia constitucional, suas ideias se unificavam, contudo, no desejo de pôr fim à autocracia e extinguir a servidão. Entre os revoltosos, figuravam muitos amigos de Púchkin — até ex-colegas de escola —, que comparecem nos versos de *Evguiêni Oniéguin* de forma alusiva. Em 1826, alguns foram enforcados e a maioria foi deportada para regiões remotas da Sibéria, em caráter perpétuo. O décimo capítulo, porém, trataria do episódio de modo mais direto e explícito, e, segundo um amigo de Púchkin, o destino final de Oniéguin seria justamente incorporar-se à conspiração e à revolta.

Durante o longo tempo em que *Evguiêni Oniéguin* foi escrito, houve importantes mudanças na Rússia, na Europa e no próprio Púchkin. Esse tempo e o rastro de tais transformações produzem, na leitura da obra, uma sensação de perspectiva e de profundidade, que o leitor percebe, mesmo sem saber de onde provém. Vejamos um exemplo: a revolta decabrista decorre, diretamente, da invasão da Rússia por Napoleão, em 1812. De um lado, os oficiais russos, oriundos da nobreza, se admiraram com a bravura dos camponeses — a rigor, os servos, que constituíam o grosso do Exército — e

APRESENTAÇÃO   13

se viram obrigados a reconhecer seu papel heroico na vitória contra o invasor. De outro lado, ao chegarem à França, em 1815, onde permaneceram por três anos, os oficiais russos travaram contato direto com ideias iluministas e democráticas da Revolução Francesa, ainda recente. Tudo isso compõe um pano de fundo contínuo neste livro, que transparece, aqui e ali, como um fio que corre por trás das estrofes. A título de ilustração, citemos a presença da estatueta de Napoleão no gabinete de Oniéguin e o destaque temático reservado para a cultura camponesa e popular.

Para o leitor, também é útil ter ciência de que, a partir de informações presentes no próprio romance, os pesquisadores russos conseguiram estabelecer que os fatos narrados em *Evguiêni Oniéguin* transcorrem entre o fim de 1819 e a primavera de 1825. Ou seja, os acontecimentos que compõem o oitavo capítulo, escrito em 1830, se passam imediatamente antes da revolta decabrista. A propósito, cabe frisar que o próprio Púchkin, na sua nota 17, afirma que, "em nosso romance, o tempo foi calculado segundo o calendário", embora, como sempre, exista um toque de ironia nesse comentário.

Outro aspecto que decerto vai chamar atenção na leitura de *Evguiêni Oniéguin* é a constante presença do narrador, que, com suas intervenções e digressões, chega a ocupar pelo menos um terço do texto da obra. Ele se dirige ao leitor com muita intimidade, como se estivesse em sua presença, a seu lado. Põe em cena memórias pessoais, que muitas vezes não se dá ao trabalho de identificar. Interrompe a história e dá saltos no tempo de forma acintosamente arbitrária. Polemiza com escritores contemporâneos ou do passado; menciona dezenas de obras literárias, russas e estrangeiras, além de pinturas, composições musicais e doutrinas filosóficas e econômicas. Afirma ter conhecido pessoalmente os protagonistas do seu romance, aos quais dirige apelos e perguntas em tom de lamento emotivo, tragédia ou deboche, e, por fim, zomba do leitor e de si mesmo.

Desse modo, no conjunto, Púchkin constrói *Evguiêni*

Oniéguin com base em dois eixos, que giram em paralelo. Num deles, narra-se o destino dos personagens Oniéguin, Tatiana, Liênski e Olga (os quatro principais). Ao mesmo tempo, transcorre a história do narrador, com suas memórias e opiniões. Desde o início, o leitor se vê incorporado a esta segunda história como um novo personagem, que contracena com o narrador, com seus pensamentos e suas experiências. Mas não só isso: guiado pela mão do narrador, o leitor se vê também face a face com os personagens do romance propriamente dito. Nessa dinâmica, as dimensões fictícia, narrativa e real se integram ou pelo menos se cruzam, se sobrepõem. Isso confirma e reforça o plano do autor de estruturar *Evguiêni Oniéguin* como uma obra capaz de produzir a sensação de algo oscilante, sem fronteiras definidas, marcada por lacunas e enigmas, movido por impulsos diversos e até opostos. Tal procedimento termina por conferir ao livro um caráter mais abrangente do que uma narrativa convencional.

Contudo, há uma pergunta inevitável: quem é esse narrador que se exprime, para nós, de forma tão pessoal? Existem, no texto, muitas indicações biográficas e literárias que o identificam, de pronto, com o próprio Púchkin. Algumas notas nesta tradução vão deixar isso claro para o leitor. No entanto, nem tudo se casa com a exatidão de um espelho e, assim, o melhor que se pode dizer, talvez, é que o narrador compõe uma espécie de Púchkin estilizado, adaptado antes às necessidades do romance do que ao rigor da biografia. Tendo isso em vista, nos parágrafos seguintes, destacarei, da complexa biografia de Púchkin — também ela repleta de lacunas e mistérios —, alguns pontos relevantes para o leitor atual de *Evguiêni Oniéguin*.

Por parte de mãe, Púchkin era bisneto de um negro africano (da Etiópia ou de Camarões), trazido para a Rússia no reinado de Pedro I (também chamado Pedro, o Grande), nos primeiros anos do século XVIII. Seu nome era Abram Petróvitch Gannibal. O tsar o enviou para estudar na França, onde se formou em engenharia e conheceu, pessoalmen-

APRESENTAÇÃO   15

te, Voltaire e outros intelectuais do iluminismo. De volta
à corte, tornou-se general e político importante. O pai de
Púchkin, por sua vez, provinha de uma família da pequena
nobreza, mas de raízes multisseculares. Com tais antecedentes, o escritor pôde estudar no Liceu de Tsárskoie e Sieló,
um internato destinado aos filhos da classe dominante. Seu
propósito era formar os funcionários de alto escalão de que a
Rússia precisava, em seu contínuo esforço de desenvolvimento. Boa parte da melhor intelectualidade do país compunha
o corpo docente da instituição, e as ideias mais modernas
da Europa faziam parte das leituras, dos debates e das aulas.
O internato ficava dentro do palácio de verão do imperador;
assim, Alexandre I, seus familiares e muitos membros da corte eram presenças constantes na escola e nos vastos jardins,
onde os alunos circulavam.

Púchkin escreveu seus primeiros poemas aos sete anos,
em língua francesa, e aos quinze já era um poeta conhecido,
por ter chamado a atenção geral ao publicar, numa revista
de prestígio, um poema sobre o Liceu de Tsárkoie e Sieló.
Antes de começar *Evguiêni Oniéguin*, Púchkin já escrevera
longos poemas narrativos, como "Ruslan e Liudmila", "O
prisioneiro do Cáucaso" e "A fonte de Bakhtchissarai", além
de numerosos poemas líricos e satíricos avulsos, ora com
sua assinatura, ora com pseudônimos, ora em anonimato.
Muitos poemas eram publicados em periódicos, mas outros
apenas circulavam em cópias manuscritas ou eram repetidos oralmente, em reuniões e festas, numa espécie de círculo
clandestino, mas muito amplo. Para tanto, pesava o fato de
que a monarquia russa, além de ser uma autocracia semelhante às demais que vigoravam na Europa, era uma instituição apoiada na Igreja ortodoxa — uma vasta estrutura
oriunda da civilização bizantina, que exercia forte pressão
conservadora sobre o conjunto da sociedade.

Na juventude, além dos poemas em que satirizava autoridades religiosas e civis e as ideias dominantes, o próprio
comportamento pessoal de Púchkin tinha um caráter fran-

camente provocador. Sua atração pelas mulheres não levava em conta o fato de serem casadas ou comprometidas, jovens ou velhas. Gostava de se fantasiar de turco, moldavo, judeu e outros tipos sociais. Certa noite, apareceu no principal teatro de São Petersburgo com um grande retrato de Pierre Louvel, o bonapartista que havia assassinado o duque de Berry, filho do rei Carlos x (ou seja, o herdeiro do trono francês). No retrato, Púchkin havia escrito, em letras bem grandes: "Uma lição para os reis". Pouco depois, já transferido para o sul, o poeta compareceu a uma festa na casa do governador local em calças de musselina transparentes e sem roupas de baixo. A par disso, Púchkin travava numerosos duelos, nos quais gostava de afrontar os adversários. Num deles, por exemplo, chegou ao local comendo cerejas e cuspiu os caroços na cara do seu oponente. Em outro, ao notar que o adversário fazia pontaria errada de propósito, chamou seu padrinho para ficar a seu lado, dizendo: "Fique aqui comigo, que é mais seguro!".

Por fim, o duelo em que Púchkin, aos 38 anos, foi morto por um francês que assediava sua esposa envolve intrigas incrivelmente complexas, que percorrem embaixadas estrangeiras e alcançam a corte e o próprio tsar Nicolau I. Cercada de mistérios, a história se alastra em ramificações tão intrincadas que, até hoje, o problema dá lugar a debates candentes entre pesquisadores de vários países, além de inspirar obras de ficção de diversos gêneros. Não cabe, aqui, entrar no emaranhado desse problema. No entanto, vale a pena apontar que o episódio central do romance *Evguiêni Oniéguin* é, justamente, um duelo entre um poeta e uma espécie de sedutor ou dândi.

Do ponto de vista histórico, Púchkin constitui o clássico russo por excelência. É praxe comparar sua posição na literatura russa com os nomes de Dante, Shakespeare ou Goethe, em suas respectivas literaturas nacionais. Em parte, isso deriva da circunstância de a própria língua literária russa se consolidar e ganhar forma definida com a obra de Púchkin.

APRESENTAÇÃO   17

Todavia, engana-se quem supõe que, antes dele, nada tenha
acontecido nesse campo. Ao contrário: o século XVIII, na
Rússia, revelou-se muito produtivo, em obras e em debates
intelectuais, e a obra de Púchkin foi apenas o toque final de
um longo processo. A par disso, por mais forte que tenha
sido o influxo europeu, a vida cultural russa se desenvolveu
num curso próprio, que não reproduz os passos percorridos
na Europa, nem na sua cronologia nem no seu conteúdo.

A língua que prevalecia no Império Russo, desde o século XI, pelo menos (quando se deu o cisma entre as Igrejas romana e bizantina), era o eslavo eclesiástico, de uso oficial na
Igreja e no governo. Sua condição é comparável à do latim
na Idade Média europeia. Com o tempo, porém, o eslavo
eclesiástico sofre cada vez mais pressões da língua popular,
amplamente usada na esfera oral, e começa a ceder terreno,
também, nos documentos escritos. Com a gramática russa
codificada por Lomonóssov, em seu célebre tratado de 1755,
a língua russa, por fim, ganha uma base estável e sistemati-
zada para avançar sobre o eslavo eclesiástico. A obra de Púchkin situa-se na última etapa dessa longa transição e con-
sagra a língua russa moderna como o padrão dominante.

Em *Evguiêni Oniéguin*, podemos observar como convi-
vem, lado a lado, vocábulos antigos e novos, eruditos e populares, domésticos e estrangeiros, poéticos e prosaicos, nobres
e plebeus, além de termos profissionais de várias técnicas e
ofícios, e tudo isso num mesmo plano de valor, sem hierar-
quias. O esforço de Púchkin para abarcar a realidade do seu
tempo e da vida do povo no âmbito da própria língua em que
escrevia não se limita às páginas de *Evguiêni Oniéguin* —
reflete-se no vastíssimo repertório lexical registrado no conjunto da sua obra: 23 mil vocábulos. A título de comparação,
a obra de Baratínski, um importante poeta contemporâneo de
Púchkin, conta pouco mais de 3 mil palavras.

Do ponto de vista da versificação, *Evguiêni Oniéguin* se
baseia num tipo de estrofe criada por Púchkin especialmen-
te para esta obra — uma forma tão peculiar que passou a

ser chamada de "estrofe Oniéguin" ou "soneto Púchkin". São catorze versos (a exemplo do soneto), baseados no tetrâmetro iâmbico (ou seja, quatro pés, cada um composto de um tempo breve e um longo), conforme a nomenclatura da versificação greco-latina, que os poetas russos haviam adotado pouco antes de Púchkin. Trata-se de um sistema muito diverso do que usamos em português, puramente silábico. Para sua estrofe, Púchkin criou também um esquema peculiar de rimas, que podemos representar nesta sequência: a B a B c c D D e F F e G G. Aqui, as letras minúsculas correspondem a rimas femininas (paroxítonas), e as maiúsculas, masculinas (oxítonas). *Evguiêni Oniéguin* segue, do início ao fim, esse modelo, exceto em quatro momentos: a dedicatória, a carta de Tatiana, a canção das moças camponesas e a carta de Oniéguin. (Há também o caso de um trecho dos "Fragmentos da viagem de Oniéguin", mas estes, a rigor, já não fazem parte da obra.)

Na transposição para o português, a fim de ganhar um pouco mais de espaço para exprimir o conteúdo das estrofes, esta tradução adotou o verso de nove sílabas em lugar do de oito, que seria, do ponto de vista matemático, o modelo mais próximo do verso original russo. O leitor vai notar, porém, que, em algumas poucas vezes, o verso traduzido configura, ao pé da letra, um decassílabo ou um octossílabo. Para corrigir tal desvio, a tradução conta com as possibilidades de elisão, contração, síncope, apócope, hiato etc. que nossa tradição poética admite, na efetiva pronúncia dos versos. A par disso, manteve-se, com rigor, o esquema de rimas do original descrito acima, sem atentar, no entanto, para a questão das rimas masculinas e femininas.

A tradução insistiu, o mais possível, em manter-se no domínio da rima consoante ou perfeita (ou seja, aquela que repete todos os fonemas a partir da última vogal tônica). Todavia, em alguns poucos casos, nestes milhares de versos povoados por tantos nomes estrangeiros, o tradutor preferiu fazer uma ou outra concessão à rima toante (apoiada apenas na última

APRESENTAÇÃO

vogal tônica) ou imperfeita, a fim de não sacrificar em demasia as informações do original. Fora desses critérios, ficaram apenas os poucos fragmentos recuperados do décimo
capítulo, no apêndice — um caso muito especial e limitado,
em que se justifica a tradução literal, com fins meramente
informativos. No conjunto, a tradução privilegiou a ideia de
que se trata, afinal, de um romance em versos e, assim, sem
prejuízo do aspecto lírico e dos elaborados efeitos visuais
do original, o tradutor teve sempre presente o fato de que o
leitor de *Evguiêni Oniéguin* acompanha uma narrativa, que
supõe sequência e fluidez.

Por último, convém chamar a atenção do leitor para o
peso de *Evguiêni Oniéguin* na grande literatura russa que
se desenvolveria logo depois. Vários temas explorados no
romance de Púchkin serão expandidos e aprofundados nas
obras literárias russas das décadas seguintes. Aqui, vou me
limitar a apontar alguns deles. Primeiro, o conflito entre a
cidade e o campo, personificado nos personagens Oniéguin
e Tatiana, respectivamente. Na Rússia, esse conflito se configura de forma peculiar: a cidade, além de centro do poder,
representa a porta de entrada da expansão capitalista, viven-
ciada como um trauma; o campo, por sua vez, ao mesmo
tempo que vale como encarnação do mundo arcaico, atrasado, é também o portador de um padrão alternativo e autóc-
tone para o desenvolvimento nacional. O vasto potencial do
tema, que tem fundas raízes na experiência histórica, permi-
tirá que a literatura russa o desdobre num amplo questiona-
mento em torno das tensões entre o nacional e o estrangeiro,
o povo e a nobreza, o individualismo e a vida comunitária,
a razão e a intuição, e toda uma extensa cadeia de conflitos,
nos quais se refletem as alternativas históricas do país.

Outro tema que deriva de *Evguiêni Oniéguin* é o do chamado "homem supérfluo" — uma longa e produtiva verten-
te da literatura russa. Trata-se das manifestações, no plano
subjetivo, de problemas e impasses históricos de fundo, vividos pela classe dominante e pelas camadas mais instruídas,

em geral. O tédio, o cinismo, a agressividade gratuita, o isolamento social, o distanciamento afetivo, a alternância entre a ação frenética e a apatia, o sentimento de ser um estrangeiro em seu país — eis alguns dos elementos que vão animar o espírito conturbado dos "homens supérfluos" ao longo de muitas décadas, nas páginas brilhantes de escritores como Liérmontov, Gontcharóv, Turguêniev e Tchékhov.

Por fim, outro ponto que atesta o peso deste romance na cultura russa é sua produtividade póstuma, patente, por exemplo, na inspiração de obras-primas da pintura russa, como a obra clássica de Iliá Riépin, e também da música, como a famosa ópera *Evguiêni Oniéguin*, de Piotr Tchaikóvski. Não admira, portanto, que o crítico Vissarion Bielínski — contemporâneo de Púchkin e figura central na cultura do país — tenha classificado *Evguiêni Oniéguin* como "a enciclopédia da vida russa": enciclopédia no sentido de que, numa espécie de panorama, consegue pôr em cena um pouco de tudo e, ao mesmo tempo, aponta para o essencial de tudo.

Para esta apresentação e tradução, foram consultadas as seguintes obras:

EM RUSSO

Бродский Н. Л., *Евгений Онегин, роман А. С. Пушкина* (*1934- -1964*). М.: Изд. Мультиратура, 2005. [Nikolai Leóntievitch Bródski, *Evguiêni Oniéguin, romance de A. S. Púchkin, 1934-1964.*]

Благой, Д. Д., "Евгений Онегин" — Примечания. In: А. С. Пушкин, *Собрание сочинений в 10 томах*. М.: ГИХЛ, 1959-62. т. 4, 1960. [Dmítri Dmítrievitch Blagói, "Evguiêni Oniéguin" — Comentários. In: A. S. Púchkin, *Obra reunida em 10 volumes*. Moscou: Editora Estatal de Literatura Artística, 1959-62. v. 4, 1960.]

Гроссман Л. П., *Александр Сергеевич Пушкин: Биография*

(*1960*). М.: Изд. Захаров, 2003. [Leonid P. Grossman, *Aleksandr Serguéievitch Púchkin: Biografia* — *1960*.]

Лотман Ю. М., *Пушкин. Биография писателя. Статьи и заметки. 1960-1990. Евгений Онегин. Комментарий*: Искусство-СПб, 1995. [Iúri Mikháilovitch Lotman, *Púchkin: Biografia do escritor* — *Artigos e notas, 1960--90; Evguiêni Oniéguin: Comentários.*]

EM PORTUGUÊS

Caderno de Literatura e Cultura Russa — *Dossiê Púchkin,* São Paulo: Ateliê Editorial, n. 1, 2004. Org. Homero Freitas de Andrade.

Aleksandr Púchkin, *Eugênio Oneguin*. Trad. de Dario Moreira de Castro Alves. Rio de Janeiro: Record, 2010.

_____. *Eugénio Onéguin*. Trad. de Nina Guerra e Felipe Guerra. Lisboa: Relógio d'Água, 2016.

_____. *Eugênio Onêguin*. Trad. de Alípio Correa de Franca Neto e Elena Vássina. São Paulo: Ateliê Editorial, 2019, caps. 1 a 4.

EM FRANCÊS

Aleksandr Púchkin, *Eugènie Onéguine*. Trad. em prosa de Ivan Turguêniev e Louis Viardot. *Revue nationale et étrangère,* Paris, n. 12-3, 1863.

EM INGLÊS

Aleksandr Púchkin, *Eugene Onegin: A Novel in Verse.* Trad. e comentários de Vladímir Nabókov. Nova York: Bollingen, 1964. 4 v.

Nota da edição

Original usado para esta tradução: A. C. Пушкин, *Собрание сочинений в 10 томах*. М.: ГИХЛ, 1959-1962. *т.* 4, 1960. [A. S. Púchkin, *Obra reunida em 10 volumes*. Moscou: Editora Estatal de Literatura Artística, 1959-62. v. 4, 1960.]

26 ноября
1830
Болд.

предисловие.
к Ев. Онъ.

1 хорошъ — 2 добрыхъ безъ
оперинъ по франта
                        3 лодка
4 хуб оцъ, Петро павловичъ

Братъ, возми тебѣ Хар-
танка деѣ Онткино-
найди искусный и Видя
харандашъ

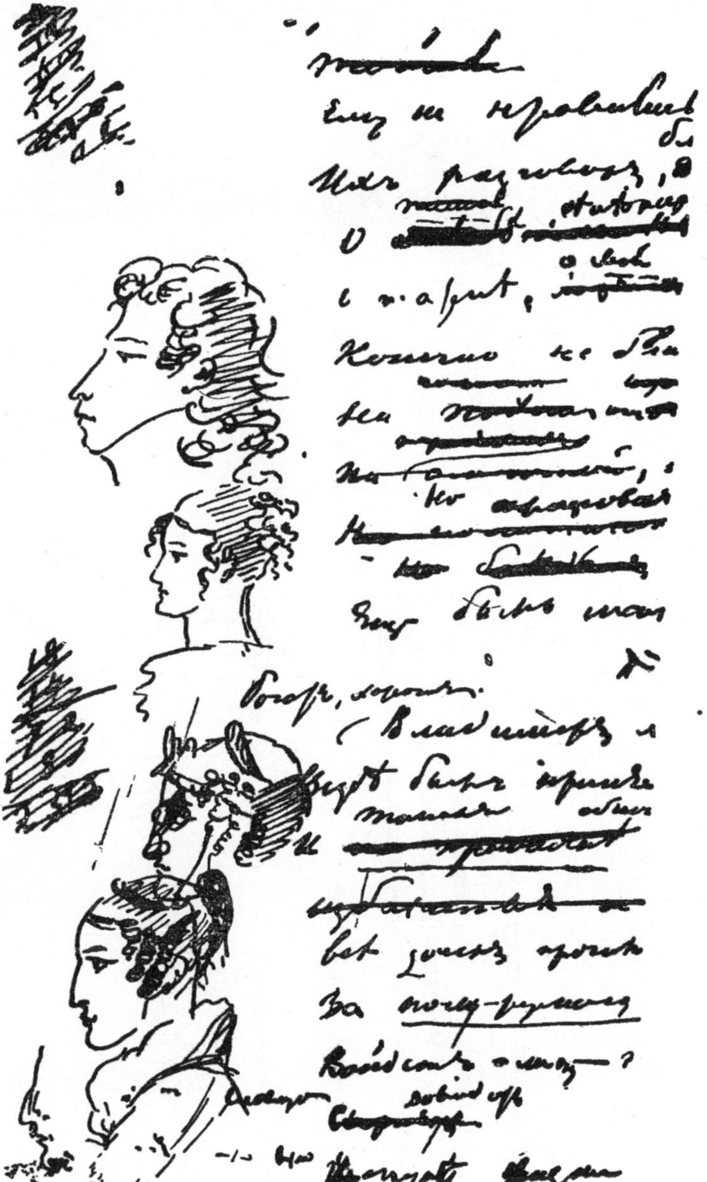

Обман неопытной души!
И суждено совсем иное...
Но так и быть! Судьбу мою
Отныне я тебе вручаю,
Перед тобою слезы лью,
Твоей защиты умоляю...
Вообрази: я здесь одна,
Никто меня не понимает,
Рассудок мой изнемогает,
И молча гибнуть я должна.
Я жду тебя: единым взором
Надежды сердца оживи
Иль сон тяжелый перерви,
Увы, заслуженным укором!

Кончаю! Страшно перечесть...
Стыдом и страхом замираю...
Но мне порукой ваша честь,
И смело ей себя вверяю...

XXXII

Татьяна то вздохнет, то охнет;
Письмо дрожит в ее руке;
Облатка розовая сохнет
На воспаленном языке.
К плечу головушкой склонилась,
Сорочка легкая спустилась
С ее прелестного плеча...
Но вот уж лунного луча
Сиянье гаснет. Там долина
Сквозь пар яснеет. Там поток
Засеребрился; там рожок
Пастуший будит селянина.
Вот утро: встали все давно,
Моей Татьяне все равно.

XXXIII

Она зари не замечает,
Сидит с поникшею главой
И на письмо не напирает
Своей печати вырезной.

70

XVIII

Вы согласитесь, мой читатель,
Что очень мило поступил
С печальной Таней наш приятель;
Не в первый раз он тут явил
Души прямое благородство,
Хотя людей недоброхотство
В нем не щадило ничего:
Враги его, друзья его
(Что, может быть, одно и то же)
Его честили так и сяк.
Врагов имеет в мире всяк,
Но от друзей спаси нас, боже!
Уж эти мне друзья, друзья!
Об них недаром вспомнил я.

XIX

А что? Да так. Я усыпляю
Пустые, черные мечты;
Я только *в скобках* замечаю,
Что нет презренной клеветы,
На чердаке вралем рожденной
И светской чернью ободренной,
Что нет нелепицы такой,
Ни эпиграммы площадной,
Которой бы ваш друг с улыбкой,
В кругу порядочных людей,
Без всякой злобы и затей,
Не повторил стократ ошибкой;
А впрочем, он за вас горой:
Он вас так любит... как родной!

XX

Гм! гм! Читатель благородный,
Здорова ль ваша вся родня?
Позвольте: может быть, угодно
Теперь узнать вам от меня,
Что значит именно *родные*.
Родные люди вот какие:

Здесь почивал он, кофей кушал,
Приказчика доклады слушал
И книжку поутру читал...
И старый барин здесь живал;
Со мной, бывало, в воскресенье,
Здесь под окном, надев очки,
Играть изволил в дурачки.
Дай бог душе его спасенье,
А косточкам его покой
В могиле, в мать-земле сырой!»

XIX

Татьяна взором умиленным
Вокруг себя на все глядит,
И все ей кажется бесценным,
Все душу томную живит

Evguiêni Oniéguin

Romance em versos

*Pétri de vanité il avait encore plus de cette espèce
d'orgueil qui fait avouer avec la même indifférence
les bonnes comme les mauvaises actions, suite d'un
sentiment de supériorité, peut-être imaginaire.*
Tiré d'une lettre particulière.*

* Em francês: "Cheio de vaidade, ele tinha, em grau ainda maior, esse tipo de orgulho que leva a pessoa a confessar, com a mesma indiferença, as ações boas e as más, e que é fruto de um sentimento de superioridade, talvez, imaginária. Extraído de uma carta particular".

Dedicatória*

Não para entreter os vaidosos,
Mas em penhor à nossa amizade,
Quisera ofertar dons mais valiosos,
À altura de sua dignidade,
Mais dignos da sua alma brilhante,
Repletos de um sonho sagrado,
De poesia viva e radiante,
De humildade e ideal elevado.
Não adianta — aceite, tolerante,
Os meus capítulos desiguais,
Meio tristes, meio divertidos,
Sublimes ou com o povo parecidos,
Fruto relapso de ócios banais,
Da insônia e da breve inspiração,
Da idade sem vigor e imatura,
De observações frias da razão,
Notas do coração da amargura.

---

* O livro é dedicado a Piotr Aleksándrovitch Pletniov (1792-
-1866), crítico, poeta e reitor da Universidade de São Petersburgo.

Primeiro capítulo

Tem ânsia de viver e pressa de sentir.
K. Viázemski*

---

* Príncipe (*Kniaz*) Piotr Andréievitch Viázemski (1792-1878), poeta, prosador e político. Foi amigo e correspondente de Púchkin. O verso citado é do poema "A primeira neve" (1815).

I

"Meu tio, de elevados preceitos,
Ao cair com grave enfermidade,
De todos cobrou muito respeito.
Uma excelente ideia, é verdade.
Seu exemplo é ciência de vida.
Mas, meu Deus, que lição aborrecida:
Noite e dia, a um doente grudado,
Sem poder dar um passo para o lado!
Que cilada astuta, que baixeza,
Manter um moribundo entretido
E seu travesseiro bem fornido,
Servir seu remédio com tristeza,
Dar suspiros e pensar, no fundo:
Que o diabo o leve logo do mundo!"

II

Assim pensava um jovem leviano,
Na poeira da sua carruagem,
Pela graça de Zeus soberano,
Herdeiro de toda sua linhagem.

Amigos de Ruslan e Liudmila!*
Eis meu herói: quem o vê se admira.
Desde já, sem rodeios, num estalo,
Permitam-me agora apresentá-lo.
Oniéguin, meu velho camarada,
Nasceu às margens do rio Nievá.**
Quem sabe o leitor nasceu por lá,
Onde foi pessoa renomada?
Um dia andei ali eu também.
Mas o ar do norte não me fez bem.[1]

III

Após bem servir o soberano,
Seu pai só vivia endividado.
Dava três bailes todo ano,
Por fim acabou arruinado.
Oniéguin teve ajuda do destino:
Uma francesa educou o menino,
Depois um *monsieur* a substituiu.
O garoto era levado, mas gentil.
Monsieur L'Abbé, francês sem recursos,
Para poupar o aluno da dor,
Tudo ensinava com bom humor,
Evitava sermões e discursos.
Doce era sua repreensão,
Passeando no Jardim de Verão.***

* Título do primeiro poema de Púchkin (1820). Inspirado em
histórias folclóricas, é um poema narrativo, em seis cantos.
** Rio que atravessa São Petersburgo.
*** O mais antigo jardim público de São Petersburgo, funda-
do em 1704, à beira do Nievá, com chafarizes e estátuas.

IV

Quando a idade da rebeldia
Veio a Evguiêni, jovem formado,
Tempo de esperança e melancolia,
O *Monsieur* L'Abbé foi dispensado.
Oniéguin livre, dá gosto vê-lo:
O corte da moda no cabelo,
Roupas iguais aos dândis[2] londrinos,
Enfim entrou nos salões mais finos.
No francês, tinha desenvoltura,
Falava e escrevia à vontade.
Na mazurca, era uma sumidade,
Primor e grão-mestre nas mesuras.
Pronto! A sociedade decidiu:
Ele é inteligente e é gentil.

V

Todos estudamos, bem ou mal.
Por pouco que seja, é um progresso.
Assim, pela instrução, é normal
Que alcancemos algum sucesso.
Na opinião de muita gente
(Juízes de rigor intransigente),
Oniéguin era culto, mas presunçoso,
Por puro acaso, talentoso.
Conversar era arte sem mistério,
Tudo tratava de modo ligeiro,
Com ar douto de mestre verdadeiro.
Calava-se quando o assunto era sério,
E incendiava o sorriso das damas
No curto fogo de seus epigramas.

VI

O latim, embora interessante,
Saiu de moda: quem vai negar?
Do latim sabia só o bastante
Para epígrafes interpretar,
Para poder citar Juvenal,*
Nas cartas grafar "vale" ao final
E lembrar, com um ou dois pecadilhos,
Três ou quatro versos de Virgílio.
Não tinha o gosto nem o desejo
De fuçar no pó de velhos anais,
Crônicas de histórias ancestrais.
Mas todo chiste, piada e gracejo,
Desde Rômulo até o mês passado,
Ele sabia de cor e salteado.

VII

Sem o ardor e a necessária crença
Para privar-se da prosa da vida,
Era incapaz de ver diferença
Entre iambo, coreu** e outra medida.
Teócrito e Homero*** maldizia.
Mas Adam Smith**** para ele era poesia.

* Esta estrofe contém várias referências latinas: Juvenal (*c.*
55-60-*c.* 127) e Virgílio (70-17 a.C.) foram poetas romanos.
Vale é uma forma epistolar convencional de despedida, em
latim. Rômulo é o lendário fundador de Roma.
** Dois tipos de verso, na versificação greco-latina.
*** Homero (séc. IX a.C.?) e Teócrito (*c.* 300-*c.* 260 a.C.) foram poetas gregos.
**** Adam Smith (1723-90), economista e filósofo escocês,
autor de *A riqueza das nações* (1776).

Fez-se abalizado economista,
Ou seja, ele tinha sempre em vista
Como a nação enriquece sem rimas,
De que vive, do que faz seu tesouro,
E por que não necessita de ouro,
Quando dispõe de matérias-primas.
O pai não entendia essa história,
E punha suas terras em penhora.

VIII

Tempo para enumerar me falta
Tudo o mais que sabia Evguiêni,
No entanto, sua ciência mais alta,
Aquilo no que era mesmo gênio,
Que era para ele, desde a mocidade,
O trabalho, a dor, a felicidade,
O que ocupava, noite e dia,
Sua indolência e melancolia
Era a ciência da paixão do amor,
Que Ovídio* cantava com graça,
E pela qual findou em desgraça
Sua vida de revolta e ardor
Na Moldávia, em estepes insanas,
Tão longe de terras italianas.

IX

....

* Poeta romano (43 a.C.-18 d.C.). Morreu exilado na Moldávia, mesma região onde Púchkin escreveu o início deste
capítulo.

X

Bem cedo aprendeu a fingir,
Ter ciúme e desespero no rosto,
Persuadir ou dissuadir,
Tomar ares de treva e desgosto.
Ser orgulhoso ou subserviente,
Atencioso ou indiferente!
Com indolência, se fazia de mudo,
Com que eloquência, falava de tudo.
Quanto descaso nas cartas de amor,
Mas se amava algo, só e mais nada,
Era o retrato da alma abnegada!
E, às vezes, no olhar intimidador,
Mas tímido, hostil, doce ou premente,
Brilhava uma lágrima obediente.

XI

Sabia evitar o rotineiro,
Por chiste, encantar uma alma pura,
Assustar com falso desespero,
Divertir com lisonja e doçura.
Vislumbrar um lampejo de afeto,
Vencer, com paixão e intelecto,
Os preconceitos mais arraigados.
Espreitar carinhos impensados,
Arrancar as confissões do medo,
Entreouvir sinais do coração,
Perseguir com afinco o amor e então
Alcançar um encontro em segredo...
Depois, no silêncio, a sós afinal,
Dar-lhe belas lições de moral.

XII

Cedo aprendeu a fazer vibrar
O surdo coração da coquete!*
Se lhe dá gana de aniquilar
Um tolo que com ele compete,
Como é mordaz quando difama!
Que densa rede tem sua trama!
Vocês, bem-aventurados maridos,
São dele sempre amigos queridos,
Mil mimos lhe dão o astuto esposo,
Antigo aluno de Faublas,**
O velho sempre de pé atrás
E o nobre corno majestoso,
Que, cheio de si, a si mesmo adora,
Louva o almoço e a sua senhora.

XIII, XIV

....
....
....

XV

Na cama ainda, mal nasce o dia,
Lhe dão cartões de letra bonita.

* Oriunda do francês, a mesma palavra figura no verso original e designa, no caso, mulher que se esmera na aparência para seduzir.
** Herói da série de três romances eróticos *Les Amours du chevalier de Faublas*, de Jean-Baptiste Louvet de Couvray (1760-97). Em forma de memórias, um sedutor de dezesseis anos relata suas aventuras.

Que é? Três convites? Quem diria!
Três casas clamam sua visita.
Baile, jantar, festa de meninas.
Em qual vai brilhar o meu traquinas?
Por onde começa? Não interessa.
Para as três dá tempo, e sem pressa.
Em trajes matinais, por ora,
Na cabeça, um longo bolivar,[3]
Oniéguin caminha no bulevar.*
E lá passeia, sem ver a hora,
Até que o Breguet,** alerta no bolso,
Avisa que agora é hora do almoço.

XVI

Está escuro: ele sobe no trenó.
Toca em frente! O grito que é um apelo.
Na sua gola de castor, o pó
De neve brilha, cor de prata e gelo.
Corre para o Talon.[4] Tem certeza:
Kaviérin*** o espera em sua mesa.
Entra: a rolha voa até o forro,
O vinho do cometa sai num jorro.****

* O chapéu "à la Bolivar" era de feltro, com aba larga e virada para cima. Seu nome homenageia o libertador latino--americano Simón Bolívar (1783-1830), mas a pronúncia é oxítona ("bolivar"), à maneira francesa, como "bulevar".
** Relógio de bolso, da marca do mesmo nome. Alguns modelos contavam com um minúsculo carrilhão, que soava as horas.
*** Piotr Kaviérin (1794-1855), amigo de Púchkin, integrante da sociedade secreta União da Prosperidade, ligada à futura revolta decabrista de 1825.
**** Assim foi chamado o champanhe da colheita de 1811,

O rosbife sangra apetecível,
Trufas, luxo dos anos juvenis,
Fina flor da cozinha de Paris,
E de Estrasburgo a torta imperecível,*
Entre um *limburger*, queijo forte,
E um ananás dourado. Mas que sorte!

XVII

A sede exige mais uma taça
Para a carne gorda diluir,
Mas o Breguet soa: o tempo passa.
Hora de a um balé novo assistir.
Juiz teatral de rigor implacável,
Adorador volúvel e instável
De atrizes de gestos sedutores,
Cidadão honorário dos bastidores,
Oniéguin dispara rumo ao teatro,
Onde qualquer um acha normal
Aplaudir um *entrechat*** banal,
Vaiar Fedra e Cleópatra a cada ato,***
E saudar Moína em alto brado,
Só para em volta ser notado.

_____

por coincidir com a passagem do cometa Flaugergues. A colheita foi considerada de alta qualidade.
* A torta de Estrasburgo é feita de foie gras e trufas, perdiz e
carne de porco moída.
** Salto em que a bailarina cruza os pés no ar várias vezes,
alternando o que está à frente e o de trás.
*** Refere-se às peças *Antônio e Cleópatra*, de Shakespeare
(1564-1616), e *Fedra*, de Racine (1639-99); Moína é heroína
da tragédia *Fingal*, de Vladislav Ózerov (1768-1816).

XVIII

Reino encantado! Lá, em tempos idos,
Brilhou Fonvízin, livre pensador,*
O rei da sátira destemido,
E Kniajnin, famoso imitador.
Lá, palmas e lágrimas incontidas
Eram por Ózerov divididas
Com Semiónova, no apogeu,
E o nosso Katiênin reviveu
Corneille, gênio do verso e do drama.
Lá, Chakhovskói, ferino, em enxames,
Propagou suas comédias infames.
Lá, Didlô casou-se com a fama.
Lá, lá, no abrigo dos bastidores,
Vivi meus jovens dias e ardores.

XIX

Ó, minhas deusas! Por que sumiram?
Ouçam minhas palavras de pesar.

* A estrofe refere-se a várias figuras do mundo teatral russo:
Denis Fonvízin (1705-92), dramaturgo do Iluminismo russo. Iákov Kniajnin (1740-91), dramaturgo e tradutor russo,
foi autor de adaptações de tragédias e comédias francesas.
Ekatierina Semiónova (1786-1849), atriz russa, fez grande
sucesso com sua atuação em Fedra, em 1823. Pável Katiênin
(1792-1853), dramaturgo e crítico russo, lutou na Guerra
Patriótica de 1812; traduziu El Cid, de Corneille (1606-64),
encenada em São Petersburgo em 1822. Príncipe Aleksandr
Chakhovskói (1777-1846) foi diretor teatral e autor de comédias em que satirizava escritores da época. Charles-Louis
Didelot (Didlô) (1767-1837) destacou-se como dançarino e
coreógrafo francês; em 1801, tornou-se diretor do balé de
São Petersburgo.

São vocês ou as substituíram
Por outras, indignas de seu lugar?
Ainda ouvirei seus cantos de novo?
Verei a alma encarnada no voo
Da Terpsícore* russa outra vez?
Meu triste olhar não verá vocês,
Rostos amigos, na cena vazia?
Focando o lornhão** desiludido
Na luz daquele mundo perdido,
Frio espectador da alegria,
Só me resta o silêncio do bocejo
E a lembrança de um morto desejo?

XX

Teatro cheio; camarotes brilham.
Na galeria, o aplauso urge.
Na plateia, poltronas fervilham,
E, ao subir, a cortina ruge.
Semietérea, um brilho cristalino,
Submissa ao mágico violino,
Com um bando de ninfas ao redor,
Lá está Istômina,*** a melhor:
Se apoia na ponta de um pé só,
O outro gira no ar, lento, à toa.
Súbito, o salto; súbito, voa,
Como da boca de Éolo**** voa o pó.

* Na mitologia grega, musa da dança.
** Tipo de óculos que, em vez de ser apoiado nas orelhas, era necessário segurar com a mão, por meio de uma haste vertical, fixada no lado direito da armação.
*** Avdótia Istômina (1799-1848), aluna de Didelot, primeira bailarina do balé de São Petersburgo.
**** Na mitologia grega, o senhor dos ventos.

Torce e destorce o tronco sem parar,
Bate um no outro os pezinhos no ar.

XXI

Todos aplaudem. Oniéguin entra;
Pés alheios, entre as filas, pisa.
De esguelha o lornhão se concentra
Nas novas damas em cada frisa.
Corre os balcões seu olhar distante,
Vê roupas, enfeites, vê semblantes.
Tudo a ele enjoa: é só enfado.
Saúda os homens, meio de lado.
O palco, só de olhar já cansa,
Nada o atrai, no que quer que veja.
Dá logo meia-volta, boceja,
E diz: "Chega, é hora de mudança.
Basta de balés, já vi de sobra,
Nem Didlô vale mais o que me cobra".[5]

XXII

No palco, dragões, diabos, cupidos
Pulam, gritam, se unem, se repelem.
No vestiário, lacaios exauridos
Dormem sobre os casacos de pele.
No teatro, não param de aplaudir,
Vaiar, fungar, apupar, tossir.
A luz dos lampiões, dentro e fora,
Ainda brilha acesa àquela hora.
De frio os cavalos estremecem,
Irritados com os duros arreios.
Em volta do fogo, alguns cocheiros
Xingam os patrões enquanto se aquecem.

Nisso, Oniéguin se vai, não se poupa:
Depressa para casa, trocar de roupa.

XXIII

Como pintar um quadro inconteste
Do aposento isolado do povo
Onde o sectário da moda se veste
E se despe e se veste de novo?
Tudo o que vende a Londres pedante,
Para o luxo e o capricho abundante,
Trazido nas ondas, em naus cargueiras,
E que trocamos por banha e madeiras,
Tudo que o gosto insaciável
De Paris, após o lucro, inventa
Para as pompas da moda que ostenta,
Tudo que é fino, rico e amável
Enfeita os quartos nada espartanos
Do filósofo de dezoito anos.

XXIV

Cachimbos de âmbar de Tsargrad,*
Brilha o bronze, a porcelana e o coral,
Perfumes, do olfato o gozo sagrado,
Em frascos de lavrado cristal.
Pentes, lixinhas de aço cromadas,
Tesourinhas retas ou curvadas,
Escovas, trinta tipos diferentes,
De cabelo, de unha, de dentes.

* Nome eslavo da cidade de Constantinopla, antes chamada
Bizâncio e, hoje, Istambul.

Rousseau* (permita-me um comentário)
Se choca com Grimm,** que sem licença
Limpa as unhas em sua presença.[6]
O eloquente, o louco, o temerário
Herói da igualdade e do direito,
Neste caso, revelou-se estreito.

XXV

Posso ser homem sério e útil
E ter unhas belas e polidas.
Nadar contra o seu tempo é fútil,
O costume é o tirano da vida.
Como Tchaadáiev,*** o meu Oniéguin,
Temendo que os invejosos lhe neguem
Seu aval, de requintes se cobre;
É o que chamávamos de "esnobe".
Passava três horas, pelo menos,
Diante do espelho, muito atento.
Quando afinal deixava o aposento,
Mais parecia uma insana Vênus
Que em trajes de homem se vestia,
Rumo a um louco baile à fantasia.

* Jean-Jacques Rousseau (1712-78), escritor e filósofo francês.
** Melchior Grimm (1723-1807), enciclopedista alemão de
expressão francesa.
*** Piotr Tchaadáiev (1794-1856), conhecido dândi da sociedade russa. Escritor e filósofo, suas ideias sobre a história da
Rússia, expressas nas *Cartas filosóficas*, precipitaram a con-
trovérsia entre intelectuais eslavófilos e ocidentalistas.

XXVI

Já que atraí a sua curiosidade
Com tal zelo em cuidados pessoais,
Devo agora à culta sociedade
Mostrar as roupas do meu rapaz.
Claro, é audácia e um risco fazê-lo,
Mas meu ofício aqui é descrevê-lo.
Pantalon, frac, gillet,* porém,
São palavras que o russo não tem.
Vejo, e desculpem os exageros,
Que meu pobre estilo bem podia
Ser menos rendido à euforia
Do uso de termos estrangeiros.
Mas já faz tempo que fui usuário
Do Acadêmico Dicionário.**

XXVII

Agora não, leitor; a hora passa.
Temos um baile para ir, é tarde.
Para lá já foi, num coche de praça,
O meu Oniéguin, com todo o alarde.
Em frente às casas já escurecidas,
Em filas, na rua adormecida,
Os dois faróis de cada carruagem
Espalham a festiva mensagem,
Derramam um arco-íris na neve;
Lá, entre tochas e galhardetes,
Reluz o suntuoso palacete.

* Em francês: "calça, fraque, colete".
** Refere-se ao *Dicionário da Academia Russa*, publicado desde 1789, em que se excluíam estrangeirismos, considerados desnecessários.

Por trás dos vidros, em sombra breve,
Perpassam perfis e silhuetas
Da moda, em desvairadas vinhetas.

XXVIII

Eis nosso herói. Chegou à portaria.
Passa pelo porteiro como flecha,
Escala o mármore da escadaria,
A mão no cabelo eriça as mechas.
Entra. Salão cheio, sem espaço;
Cansou-se a música de estardalhaço;
A mazurca arrasta a multidão;
Em volta, alarido, aglomeração.
Oficiais de esporas tilintantes;
Voam pezinhos de esguias damas,
Voam atrás olhares em chamas,
Presos aos passos aliciantes.
Os violinos abafam os chiliques
De ciúmes das esposas chiques.

XXIX

No tempo de paixões e desatinos,
Os bailes me levavam à loucura:
Tão bons para os bilhetes clandestinos
E os sussurros de furtivas juras.
Ah, vocês, respeitáveis maridos,
Eu peço que atentem os ouvidos.
Vou lhes prestar um serviço gratuito,
Preveni-los é só meu intuito.
Vocês também, mães, sejam sisudas,
Vigiem as filhas a cada passo,
Não larguem o lornhão, e nervos de aço,

Senão... senão... Que Deus nos acuda!
Só dou tais conselhos, aliás,
Pois faz tempo que não peco mais.

XXX

Em diversões, para o bem e para o mal,
Ai, joguei muito da vida fora!
Mas, não fosse contrário à moral,
Amaria bailes até agora.
Amo a juventude em seu furor,
As luzes, a turba, o clamor,
A roupa em que toda dama se esmera;
E eu amo seus pezinhos; quem dera
Pudessem achar, na Rússia inteira,
Três pares sequer de alta elegância.
Dois pés custei a tirar da lembrança...
Mas ainda pisam, dessa maneira
Fria e distante, o chão dos meus sonhos
E perturbam meu sono tristonho.

XXXI

Mas como esquecê-los, onde, quando,
Em que deserto, ó louco? Quem dera...
Ah, pés, ah, pezinhos! E hoje, onde andam?
Onde pisam flores de primavera?
Criados na volúpia oriental,
Não deixaram rastros nem sinal,
Na neve triste do norte frio.
Vocês amavam o toque macio
De tapete e luxo sob os dedos.
Por vocês, faz tempo, eu esquecia
A sede de glória e de honraria,

A terra paterna e o meu degredo.
Mas se apagou da juventude a chama,
Como seus rastros leves na grama.

XXXII

O rosto de Flora, o seio de Diana,*
De fato, meus amigos, encantam.
Mas os pés da Terpsícore profana,
Para mim, quaisquer belezas suplantam.
Põem a nu apenas uma amostra
Do prêmio sem preço que não mostra.
É a promessa do belo que atiça
Enxames de volúpia insubmissa.
Amo esses pés, Elvina,** minha amiga,
Na aba da toalha de mesa escondidos,
Na primavera, em prados floridos,
No inverno, junto à lareira antiga,
No brilho do assoalho espelhado,
No rochedo à beira-mar, escarpado.

XXXIII

Lembro o mar bravo, a sôfrega espuma:
As ondas me davam inveja e dor,
Quando acorriam em fila, uma a uma,
Para deitar-se a seus pés com amor!
Que ânsia eu tinha de, uma vez que fosse,

* Flora é a deusa romana das flores e dos jardins; Diana, a deusa romana da Lua e da caça.
** Nome convencional, na poesia da época. Personagem a quem o poeta se dirigia de forma retórica, e com alguma conotação erótica, na tradição do historiador e escritor Nikolai Karamzin (1766-1826).

Como as ondas, beijar seus pés doces!
Nunca, nem nos dias mais fogosos
De meus anos jovens, buliçosos,
Eu tinha anseios tão torturantes
De beijar lábios de jovens Armidas,*
A flor das faces enrubescidas
Ou fartos seios de ânsia palpitantes;
Não, nunca um arroubo de paixão
Dilacerou assim meu coração!

XXXIV

Eu lembro também outro momento!
Às vezes, em meus sonhos secretos,
Seguro um estribo, feliz, atento...
Sinto nas mãos o pezinho dileto;
De novo a imaginação se agita,
De novo o seu toque o sangue excita
No coração sem vida, sem cor...
De novo a angústia, de novo o amor!...
Mas chega de louvar com a lira
Essas soberbas sem coração.
Nem uma vale nem a paixão,
Nem os cantos que às vezes inspira.
A voz e a face de tais feiticeiras,
Como os pezinhos, são traiçoeiras.

XXXV

E o meu Oniéguin? Ainda dança?
Com sono, vai do baile para a cama.
Mas Petersburgo, que não descansa,

* A feiticeira Armida é a heroína do poema épico *Jerusalém libertada*, de Torquato Tasso (1544-95).

Já despertou: o tambor conclama.*
Vendedor e mascate estão prontos,
O coche de praça vai para o ponto,
Corre a leiteira com a jarra, saltita,
Sob seus pés, a neve crepita.
Ergue-se o doce rumor matinal.
Persianas se abrem; na chaminé,
A fumaça azul se põe de pé,
E o padeiro, alemão pontual,
De gorro de papel, várias vezes,
Já abriu a janela para os fregueses.**

XXXVI

Do baile o rumor deixou-o exausto.
Trocando a noite pelo dia,
O filho do lazer e do fausto
Dorme sereno na sombra macia.
Acorda à tarde. A noite desponta.
Até de manhã, sua vida está pronta:
Igual colorido, o mesmo afã,
Ontem como hoje, e depois amanhã.
Mas meu Oniéguin, na flor dos anos
E livre, foi feliz, porventura,
Entre conquistas e aventuras,
Entre prazeres cotidianos?
Nos banquetes, terão sido em vão
Tanto atrevimento e sedução?

* De manhã, o som dos tambores dos regimentos de São Petersburgo servia como toque de despertar para a população.
** O pão era vendido através de uma janelinha, que era aberta quando o freguês chamava.

XXXVII

Sim: logo esfriaram os sentimentos;
O rumor mundano dava tédio.
Como ter sempre, no pensamento,
As belas damas e seu assédio?
As amizades davam enfado.
Até das traições ficou enjoado.
O tempo todo, ninguém aguenta
Torta de Estrasburgo e carne cruenta
Regada a vinho de qualquer casta;
Derramar sarcasmo e humor
Quando a cabeça pesa de dor.
Embora de brigas entusiasta,
Não via mais encanto na fúria,
No sabre, no duelo, na injúria.

XXXVIII

Pouco a pouco, dele tomou conta
O mal cuja causa e cujo fim
Todos buscam e ninguém encontra.
Algo que lembra o inglês *spleen*,*
Em suma, o que o russo chama *khandrá*.
Por pura sorte, não quis tentar
A morte com um tiro no ouvido.
Para ele, a vida perdeu o sentido.
Mostrava-se, no salão repleto,
Qual Childe Harold,** triste, desolado.
Nem as intrigas, nem o carteado,
Nem o olhar e o suspiro indiscreto,

* Estado de melancolia, sem causa específica.
** Herói do poema "As peregrinações de Childe Harold", de
Lord Byron (1788-1824).

Nada interessava ou comovia:
Para tudo olhava e nada via.

XXXIX, XL, XLI

....
....
....

XLII

Damas finas da alta sociedade,
Ele, antes de tudo, pôs de lado;
Em nosso tempo, é bem verdade,
Soa maçante o tom elevado.
Embora uma ou outra seja capaz
De citar Say ou Bentham,* tanto faz.
A conversa delas aborrece,
Se bem que inofensiva, ao que parece.
Pior é que em tudo são um primor:
Tão majestosas, inteligentes,
Tão piedosas e tão prudentes,
Tão repletas de reto rigor
E tão inacessíveis enfim,
Que só seu aspecto gera o *spleen*.[7]

* Jean-Baptiste Say (1767-1832), economista francês, autor do
Tratado de economia política (1803). Jeremy Bentham (1748-
-1832), filósofo e economista liberal inglês, que desenvolveu a
teoria utilitarista. Em 1786, viajou para a Rússia, onde per-
maneceu cerca de dois anos.

XLIII

Também vocês, jovens beldades
Que às vezes, tarde, na madrugada,
Cruzam em coches, em velocidade,
Nossa Petersburgo bem calçada,
Vocês também ele não quis mais ver.
Renegado do louco prazer,
Trancado em casa, em quarentena,
Bocejante, ele pegou a pena:
Quis escrever. Mas a dura lida
Entedia Oniéguin; não sai nada
De sua pena seca e cansada.
Assim, não entrou na classe atrevida
De gente que julgar não convém,
Pois a ela pertenço eu também.

XLIV

De novo, entregue ao ócio completo,
O vazio na alma o desnorteia.
Senta-se com um louvável projeto:
Apossar-se da mente alheia.
Da estante, em fila, os livros levanta.
Lê e lê, mas de nada adianta.
Um dá tédio, outro não tem consciência,
Um é trapaça, outro, incoerência.
O antigo ainda mais envelhece;
O novo, como o velho, perdido:
Cada um por seu grilhão tolhido.
E os livros, como as damas, ele esquece.
No pó da estante, a família sem fruto
É coberta por um véu de luto.

XLV

Como ele, já livre da agitação
E do jugo daquela sociedade,
Fiquei seu amigo, na ocasião,
Gostei de sua personalidade.
Caráter único e inimitável,
Lealdade aos sonhos, inabalável,
Inteligência cortante e fria.
Eu, irritação; ele, melancolia.
Paixão, para nós, era jogo perdido;
Para os dois, a vida era tortura;
O coração, uma câmara escura;
E o cego destino, qual um bandido,
Nos aguardava à curva da estrada
Dos anos jovens, nossa alvorada.

XLVI

Para quem vive e pensa, é impossível,
Vendo os outros, não sentir revolta.
Assombra, a quem não é insensível,
O espectro do tempo que não volta.
Para um, não existe encantamento;
Noutro, memória é bicho peçonhento,
Ou o remorso a alma rói e fere.
Muitas vezes isso tudo confere
À conversa certo encanto e graça.
No início Oniéguin me incomodou.
Depois meu ouvido se acostumou
À língua mordaz, à voz de pirraça,
Ao chiste acerbo, banhado em fel,
E ao triste epigrama em tom cruel.

XLVII

No verão acontece, e não é raro,*
Que o céu da noite, sobre o Nievá,
Se abra e brilhe, transparente e claro.[8]
Mas no espelho da água não se verá
O rosto de Diana** refletido.
E a memória dos romances vividos
Nos traz de volta amores passados.
De novo sensíveis, despreocupados,
Nos embriagamos em silêncio
Com o ar amigo da noite sem dono.
Como um preso levado, em pleno sono,
Da cela para um bosque verde e imenso,
Nós somos levados pelo sonho
Para os anos jovens, tempo risonho.

XLVIII

Com a alma triste, à beira do rio,
Junto ao parapeito de granito,
Estava Evguiêni, pensativo e frio,
Como a si pintou um poeta aflito.[9]
Noite, silêncio: calmo demais.
Só sentinelas dão seus sinais.
De repente, um estrondo distante:
Na Miliónnaia, um coche trepidante;***

* A estrofe se refere às chamadas "noites brancas" de São Petersburgo, período entre o fim de maio e o fim de julho em que o sol não chega a se pôr por completo.
** Ou seja, a lua.
*** Referência a Katiênin (ver estrofe XVIII), que, após o teatro, já tarde da noite, ia para o seu alojamento militar na rua Miliónnaia. Katiênin era teórico literário dos "arcaístas" e membro de uma sociedade secreta de militares, que ali se reunia.

Um só bote no rio sonolento
Desliza no vaivém de seus remos,
E um canto e um clarim, que percebemos*
Ao longe, num barco que vai lento.
Mas o melhor da noite, de fato,
É o som das oitavas de Torquato.**

XLIX

Ondas do Adriático, águas do Brenta,***
Hei de vê-las de novo, um dia,
E, com a inspiração que me acalenta,
Ouvirei sua voz de magia.
Para os netos de Apolo, ela é sagrada.
Eu a conheço, me foi mostrada
Pela Lira de Albion, orgulhosa.
Gozarei com volúpia sequiosa,
Numa gôndola às escondidas,
A dourada noite italiana,
Com uma jovem veneziana,
Ora falante, ora emudecida.
E meus lábios provarão o sabor
Da língua de Petrarca e do amor.

* Pessoas ricas promoviam saraus musicais em barcos, nos rios
e canais de São Petersburgo. O mesmo ocorre hoje, e não ne-
cessariamente com ricos.
** O poema *Jerusalém libertada*, de Torquato Tasso, é escrito
em estrofes de oito versos (oitavas).
*** Esta estrofe contém as seguintes referências: Brenta é um rio
na Itália, que deságua no mar Adriático, próximo a Veneza (onde
Púchkin jamais esteve); Apolo é o deus grego da beleza, das artes,
da razão; "Lira de Albion" significa a poesia inglesa, especifica-
mente, de Lord Byron; Francesco Petrarca (1304-74) foi um poeta
e humanista italiano, que celebrizou a forma do soneto.

L

Quando virá minha liberdade?
Vem! É hora! Eu vago à beira-mar,[10]
Eu aceno às velas até tarde,
Esperando o tempo melhorar.
Na tormenta, com as ondas em luta,
No vaivém da correnteza bruta,
Quando sairei livre, mar afora?
Basta, praia maçante: já é hora
De deixar esta terra doentia.
E no encrespado mar do sul,
Na minha África,* ao céu azul,[11]
Ter saudades da Rússia sombria;
Lá, onde eu sofri, onde eu amei,
Onde meu coração enterrei.

LI

Oniéguin e eu, já de malas prontas
Rumo ao exterior, fomos tolhidos
Pelo destino, que a tudo afronta
E nos separou por anos seguidos.
Mal veio a notícia: "Seu pai morreu",
Contra Oniéguin arremeteu
A horda de credores mais voraz.

---

* Refere-se ao fato de o bisavô materno de Púchkin ser africano, um negro da Etiópia ou dos Camarões, levado, criança,
para a Rússia. O tsar Pedro I promoveu a formação do jovem, concedeu-lhe terras e um título de nobreza. Seu nome era
Gannibal. Tornou-se engenheiro, general, político e intelec-
tual importante. Na primeira edição deste capítulo, Púchkin
escreveu um longo relato sobre isso, mas suprimiu o texto,
quando da publicação da obra em forma de livro, em 1833.

No mundo, cada um sabe o que faz.
Como Evguiêni odiava litígios,
Deixou aos bárbaros seu legado,
Resignou-se ao que havia sobrado,
Não vendo nisso grande prejuízo.
Ou já contava, num cálculo frio,
Com a morte de seu velho tio.

LII

E um dia cumpriu-se sua sorte:
O capataz lhe deu um bilhetinho.
O tio estava à beira da morte,
Queria despedir-se do sobrinho.
Evguiêni, mal leu a mensagem,
Partiu a galope na carruagem,
Rumo à visita ao tio malsão.
E já bocejava de antemão,
Disposto a suportar, por dinheiro,
Suspiros, tédio, a falsa cantilena
(Comecei meu romance nesta cena).
Mas, ao chegar, o nosso herdeiro
Deu com ele sobre a mesa dura,
Qual pronta oferenda à terra escura.

LIII

Deparou com a multidão de criados.
Amigos ou não, antigos e atuais,
Acorriam de todos os lados,
Bem como amantes de funerais.
Por fim enterraram o defunto.
Padres, convidados, todos juntos,
Comeram, beberam: missão cumprida.
Sérios, foram embora cuidar da vida.

Eis nosso Oniéguin, senhor agrário,
Dono de bosques, águas e engenho,
E que, até o momento, era um ferrenho
Inimigo da ordem e perdulário,
Feliz de trocar a velha rota
Por outra. Qual será, não importa.

LIV

Por dois dias, foram novidade
O prado solitário e pacato,
O frescor dos carvalhos à tarde,
O murmúrio do manso regato.
No terceiro dia, a nuvem que passa,
O morro, a mata perderam a graça;
Depois, pior, até davam sono;
Depois viu que, mesmo sendo o dono,
O mesmo tédio no campo reinava,
Embora sem ruas nem palacetes,
Sem bailes, cartas, versos, banquetes.
De tocaia, a *khandrá* o aguardava,
E o seguia sem trégua ou quartel,
Como sombra ou esposa fiel.

LV

Nasci para uma vida serena,
Para os tranquilos dias agrários.
No bosque a lira soa mais plena
E dos sonhos é mais vivo o cenário.
Consagrado ao ócio inocente,
Minha lei é o doce *far niente*.*
Vago à beira do lago deserto,

* Em italiano: "ócio".

Toda manhã, aos poucos, desperto
Para a volúpia da liberdade:
Leio bem pouco e durmo demais,
Não ando em busca da glória fugaz.
Não foi assim que eu, na mocidade,
No silêncio dos meses ociosos,
Vivi os meus dias mais ditosos?

LVI

Flores, amor, terra, indolência!
A vós, minha devoção sem fim!
Sempre é bom frisar a diferença
Entre Evguiêni Oniéguin e mim,
Para que o sarcástico leitor
Ou o maledicente editor
De acerbas calúnias eufemísticas,
Ao notar minhas características,
Não repita a heresia desprezível
De que tomei a mim por modelo,
Como fez Byron, sem escondê-lo.
Como se ao poeta fosse impossível
Escrever sobre outros, aqui,
Em lugar de só falar de si.

LVII

Todos os poetas, é bom lembrar,
Adoram fantasias de amor.
Às vezes, me ocorria sonhar
Com lindos vultos, e seu ardor
Se gravava na alma comovida.
Depois a Musa lhes dava vida;
Assim, em versos, tornei real

A filha das montanhas, meu ideal,*
E as cativas das margens do Salguir.**
E hoje muito amigo se vira
Para mim e indaga: "Por quem sua lira
Suspira? Eu preciso descobrir,
Entre tantas ciumentas donzelas,
À qual dedicou canções tão belas?

LVIII

De quem é o olhar arrebatador
Que premiou com carinho e afeto
O seu canto doce e sonhador?
Quem é do seu verso o amado objeto?".
Não é ninguém, meus amigos, eu juro!
O que provei foi o triste, mas puro,
Desassossego do amor louco.
Feliz quem compõe com tão pouco
Rimas febris, pois em dobro abriga
O delírio da poesia — a marca
De quem segue os passos de Petrarca.
Pois os tormentos da alma mitiga
E alcança a glória a uma só vez.
Mas tolo e mudo o amor me fez.

LIX

Passa o amor, a Musa aparece;
Faz-se claro o escuro pensamento.

* Referência à heroína de *O prisioneiro do Cáucaso* (1821),
poema de Púchkin.
** O verso refere-se às personagens de *A fonte de Bakhtchissarai*
(1821), poema narrativo de Púchkin, ambientado na Crimeia,
onde fica o rio Salguir.

Busco o fio mágico que entretece
Os sons, a alma e o sentimento.
Escrevo e a angústia vai se afastando.
Já a pena não fica desenhando
Cabeças ou um pé feminino,
Entre versos sem rumo, rima ou tino.
Na cinza, a chama não vai arder.
Sem lágrimas, ainda me aflijo,
Mas da tormenta todo vestígio
Já vai, na alma, desaparecer.
Escreverei com afinco, entretanto,
Um poema de vinte e cinco cantos.

LX

Já fiz o plano, já tenho o título.
O nome do herói guardo para mim.
Mas por ora o primeiro capítulo
Deste romance chegou ao fim.
Reli com rigor o início da obra:
Contradições, aqui, tem de sobra.
Mas a corrigi-las não me atrevo.
Pagarei à censura o que devo,
Darei como pasto aos jornalistas
Os frutos duros de minha lida.
Vá, minha criação recém-nascida,
Para as margens do Nievá e resista,
Até ganhar-me o tributo da glória:
A intriga, o insulto e a palmatória!

Segundo capítulo

O rus!*
Horácio

---

* Em latim: "Oh, Rus!". Citação de um trecho das *Sátiras* (II; VII) de Horácio (65 a.C.-8 a.C.), poeta romano. Em latim, *rus* designa uma região rural e agreste. Em russo, *Rus* é a designação genérica da Rússia antiga. Púchkin elabora um trocadilho entre os dois idiomas.

I

Vivia Evguiêni, entediadamente,
Num lindo campo onde um fiel
Amigo do prazer inocente
Poderia dar graças ao céu.
Senhorial em seu isolamento,
Por montes protegida do vento,
Se ergue a casa à beira do riacho.
À frente, flores, cores em cachos.
Por vastos prados, vagam rebanhos,
O verde do vale, o ouro do trigo,
Aqui e ali um casebre antigo,
E um pomar largado, sem tamanho,
Semeia suas sombras bucólicas,
Refúgio de dríades* melancólicas.

II

Foi construído o solar venerável
Como os castelos devem ser feitos:
Tranquilo, resistente e estável,

* Na mitologia grega, ninfas das árvores e bosques.

Ao gosto dos antigos preceitos.
Aposentos de teto elevado,
Os salões com forro adamascado,
Retratos de tsares em molduras,
Ladrilhos de estufas com pinturas.
Tudo isso hoje é velharia.
Eu mesmo ignoro por quê.
E o meu amigo, veja você,
Naquilo, graça nenhuma via:
Para salões, velhos ou modernos,
Abria seus bocejos eternos.

III

Dorme no quarto onde o seu tio
Ralhava com as criadas toscas,
E, por quarenta anos a fio,
Matava o tempo caçando moscas.
Tudo ali é simples: chão de carvalho,
Mesa firme, sofá, dois armários.
Impera a limpeza, é nova a tinta.
Abre os armários, a chave tilinta.
Num, só encontra, o Oniéguin afoito,
O livro de contas. Noutro, há vários
Licores de fruta, sidra e um anuário*
De mil oitocentos e oito.
Tão ocupado o velho vivia,
Que mais nenhum outro livro lia.

* Publicação oficial que continha todo o quadro do funciona-
lismo público do Império Russo, com suas posições, na hie-
rarquia.

IV

Só, em seus domínios, sábio herdeiro,
Nosso Oniéguin, sem ter que fazer,
Pensou bem e resolveu primeiro
Nova ordem estabelecer.
Em tal fim de mundo, teve a ideia
De trocar o jugo da corveia
Por tributo menos leonino:
O servo deu graças ao destino.
Mas um vizinho zeloso e avaro
Não viu naquilo nenhuma graça,
Logo previu terrível desgraça;
Outro vizinho apurou o faro,
Sorriu, e todos, a uma só voz,
Viram em Oniéguin um perigo atroz.

V

De início, iam todos visitá-lo.
Mas, nos fundos, para que ele fugisse,
Tinha sempre pronto um bom cavalo
Da raça do Don,* assim que ouvisse,
De longe, na estrada de poeira,
O som de uma carroça caseira.
Ofendidos com tal novidade,
Cortaram com ele toda amizade.
"Nosso vizinho é louco varrido,
Não beija a mão das damas. Um bruto,
Um maçom, que bebe, num minuto,

* Trata-se de uma raça de cavalos típica russa, em geral associada aos cossacos do Don. Sua origem, porém, remonta aos
povos turco-mongóis. O Don é um rio da parte ocidental da
Rússia, com 1872 quilômetros de extensão.

Vinho tinto em copos seguidos.
Só diz *sim* e *não*; mas *sim, senhor,*
Nunca." E remoíam seu rancor.

VI

Foi então que um novo proprietário
Chegou, concluiu sua mudança
E atraiu muito hostil comentário
Na desconfiada vizinhança.
Vladímir Liênski ele se chamava,
Os ares de Göttingen* respirava;
Na flor da idade, beleza discreta,
Discípulo de Kant** e poeta.
Trazia da nebulosa Alemanha
Frutos do saber e da verdade,
Sonhos de amor à liberdade,
Uma alma ardente e bem estranha.
Seu discurso era sempre exaltado,
Seu cabelo, até os ombros, cacheado.

VII

Moço, ainda não tinha se estragado
Com a fria depravação do mundo:
Do amigo, um gesto; da moça, um agrado
Já abrasavam sua alma a fundo.
No amor, a ignorância da criança
Mimada demais pela esperança;
A luz e o clamor da sociedade
O deslumbravam pela novidade.

* Cidade alemã famosa por sua universidade, tida como avançada para a época.
** Immanuel Kant (1724-1804), filósofo prussiano.

Com doces sonhos, ele iludia
Qualquer dúvida em seu coração;
O sentido da vida, a razão,
Era um enigma que o seduzia.
Quebrava a cabeça: Qual a saída?
E em quimeras buscava guarida.

VIII

Acreditava que uma alma irmã
Com ele havia de unir-se um dia;
Que ela o esperava, toda manhã,
Definhando em melancolia;
Acreditava que os amigos,
Por ele, enfrentariam perigos,
Com mão firme fariam em cacos
A taça de calúnia dos velhacos.
Que havia os eleitos do destino,
Santos amigos da humanidade,
Bastiões da imortalidade,
Que, com invencível raio divino,
Trariam luz à nossa vida escura,
Cobrindo o mundo de ventura.

IX

A revolta, a solidariedade,
Os tão doces tormentos da fama
E o amor puro ao bem e à verdade
Logo punham seu sangue em chamas.
Vagava pelo mundo com a lira,
Sob o céu de Goethe e de Schiller,*

* Johann Wolfgang von Goethe (1749-1832) e Friedrich von
Schiller (1759-1805), escritores do romantismo alemão.

E, à luz do fogo de tal poesia,
Sua pobre alma incandescia.
Por sorte, ele não fazia feio
Aos olhos das musas que o inspiravam.
Com orgulho, as canções conservavam
Sempre vivos os nobres anseios,
Os impulsos do sonho inocente,
A graça de falar simplesmente.

X

Vassalo do amor, cantava o amor.
Sua canção era clara e nua,
Como ideias de uma jovem em flor,
Sonhos de um bebê, ou como a lua
No deserto de um céu vasto e quieto,
Deusa do arfante amor secreto.
Cantava dor, mágoa, despedida,
Uma *sombra ao longe indefinida,**
E rosas românticas aos montes;
Cantava as distantes latitudes,
Onde, em silêncio e beatitude,
Lágrimas alagavam horizontes.
Cantava a sua flor emurchecida,
Sem ter dezoito anos de vida.

XI

Só Evguiêni, na erma vizinhança,
Podia apreciar seu talento.
Para Liênski, as festas e a comilança
Dos fazendeiros eram desalento.

* Alusão a um clichê poético da época.

Suas conversas, mera gritaria,
Os assuntos, só do dia a dia:
A colheita do feno, o vinho,
Os cães, os parentes, um vizinho.
Nenhum sentimento, é natural,
Reluzia ali com fogo poético.
Nem humor, argúcia ou senso estético,
Nem a arte do convívio social.
E nas esposas, cheias de graça,
A inteligência era um tanto escassa.

XII

Liênski, belo e rico proprietário,
Era tido como um bom partido.
Tal é o costume no meio agrário;
Para a filha de todos, o escolhido
Era *o vizinho meio estrangeiro.**
E o tédio da vida de solteiro
Era o assunto que sempre surgia,
Tão logo Liênski aparecia.
Para o samovar, convidam o vizinho
E, enquanto Dúnia** serve o chá,
Sussurram para ela: "Olhe lá!".
Depois vão buscar um violãozinho,
E (nossa!) ela canta desafinado: ***
Venha para o meu castelo dourado!...[12]

* Referência às expectativas convencionais, entre senhores de terra, para o casamento das filhas.
** Hipocorístico do nome Avdótia.
*** Verso de uma canção popular na época, extraída da ópera russa *A sereia do Dnieper*, adaptação da ópera *A mulher do Danúbio*, do austríaco Ferdinand August Kauer (1751-1831).

XIII

Liênski, é claro, não estava disposto
A atar-se aos grilhões do casamento.
Porém lhe daria muito gosto
Travar, com Oniéguin, conhecimento.
Ficaram amigos. A rocha e o mar,
A prosa e o verso, o sol e o luar
Diferem menos que os dois parceiros.
E tal disparidade, primeiro,
Um ao outro pareceu maçante;
Depois, entre os dois veio a simpatia,
Andavam a cavalo todo o dia,
Formaram em tudo um par constante.
Por não ter que fazer (eu que o diga)
É que as pessoas ficam amigas.

XIV

Hoje, não há nem essa amizade.
Pisoteamos tais preconceitos.
Todos os outros são nulidades,
E só nós contamos, por direito.
A nossos olhos, somos Napoleões,
E os outros bípedes, aos milhões,
Não passam, para nós, de um instrumento:
Tosco e ridículo é o sentimento.
Evguiêni não era tão turrão.
Conhecia as pessoas, afinal,
De fato, as desprezava, em geral.
Mas toda regra tem exceção.
Algumas, ele até considerava
E, a certa distância, as respeitava.

XV

Ele ouvia Liênski com um sorriso.
A louca eloquência do poeta,
A razão que hesita no juízo,
Sempre um ar de inspiração inquieta —
Para Oniéguin, aquilo era novidade.
Com esforço, freava sua vontade
De atacar com palavras geladas
E pensava: Não adianta nada
Interromper seu gozo fugaz.
De todo modo, vai chegar a hora;
Deixe que viva e creia, por ora,
Que o mundo é belo e sabe o que faz.
Em seu delírio, febre e demência,
Com a juventude, há que ter paciência.

XVI

Entre eles, tudo era motivo
De debate ou reflexão vital:
Os contratos dos clãs primitivos,*
Os frutos da ciência, o bem e o mal,
Os mil preconceitos ancestrais,
A tumba e seus mistérios fatais,
O destino e a vida eram levados
A seu tribunal e eram julgados.
Envolto pela própria veemência,
O poeta lia, colhidos à sorte,
Fragmentos de poemas do norte.**

---

* Referência ao livro *Do contrato social* (1762), de Rousseau.
** Para alguns, trata-se, genericamente, de poemas alemães e ingleses pré-românticos e românticos. Para outros, a expressão

E Evguiêni, por condescendência,
Ouvia o jovem com interesse,
Embora, é fato, pouco entendesse.

XVII

Mas a mente dos meus eremitas
Pensava nas paixões, sobretudo.
Imune à sua sanha maldita,
Delas falava Oniéguin, contudo,
Entre suspiros de compaixão.
Feliz quem dominou tal emoção
E das paixões se desvencilhou;
Mais ainda quem nem as provou,
Quem esfriou o amor com a distância,
Com a inimizade e a desfeita;
Quem da esposa não sinta suspeita,
E boceje sem ciúme ou ânsia;
Quem não confiou a um dois de espadas
As riquezas dos avós herdadas.

XVIII

Quando já hasteamos a bandeira
Da serenidade e do juízo,
Quando a paixão apagou a fogueira,
E em nós já são motivo de riso
Seus caprichos, atos temerários
E até seus ecos retardatários —

---

refere-se em especial à obra *Ossian, o filho de Fingal*, uma tradução para o russo de poemas de James McPherson (1736-96), escocês que colecionava e traduzia poemas celtas. Para outros, ainda, é uma forma de denominar poemas russos, em geral.

Aplacados, sim, mas a que preço —,
Às vezes, ouvimos com apreço
A voz da paixão de gente estranha,
E nosso peito ainda trepida.
Como, em sua choupana esquecida,
O veterano de árduas campanhas
Escuta as histórias, de bom grado,
De um jovem e bigodudo soldado.

XIX

O jovem não sabe ser discreto:
Dentro dele, um fogo bufa e arde.
Raiva, amor, mágoa, dor, todo afeto
Ele, afoito, põe a nu com alarde.
Na guerra do amor, Oniéguin se via
Como um veterano e, sério, ouvia
O poeta abrir seu coração,
Ébrio com a própria confissão.
Assim, ingênuo, ele deixa nua
Sua confiante consciência.
E, sem dor, Evguiêni toma ciência
Daquela história de amor tão crua,
Com sentimentos em quantidade,
Para nós, há muito, sem novidade.

XX

Ah! Ele ama como em nossa era
Já não se ama; como um desvairado
Poeta de poucas primaveras
Ainda a amar está condenado:
Sempre, em tudo, o mesmo devaneio,
Sempre o mesmo repetido anseio

E a mesma tristeza, todo dia.
Nem a distância, que tudo esfria,
Nem os longos anos de ausência,
Nem as musas, com voz de sereia,
Nem o encanto de terras alheias,
Nem o afã das festas, nem a ciência
Mudou sua alma original,
Que ferve num fogo virginal.

XXI

Quase um menino, ele ainda ignora
As dores da alma e, já cativo
Da jovem Olga, observa e adora
Seus jogos, seus folguedos tão vivos.
Com ela brinca sob os carvalhos,
Partilhando a sombra de seus galhos.
Amigos, os pais não veem empecilhos:
Ao casamento destinam seus filhos.
No meio rural, simples, discreto,
Olga, cheia de encanto inocente,
Sob os olhos dos pais, lentamente
Floresce como um lírio secreto,
Oculto na mata, onde não pousa,
Nem pica abelha ou mariposa.

XXII

Olga deu de presente ao poeta
O primeiro enlevo juvenil.
Foi ela a inspiração direta
De seu primeiro canto pastoril.
Adeus, era de ouro dos brinquedos!
Apaixonou-se por arvoredos,

Pela solidão das terras nuas,
Por noites de estrelas, pela lua.
Lua: limpa lâmpada celeste,
À qual consagrávamos passeios
Nas sombras do anoitecer, em meio
A lágrimas que um mistério reveste...
Mas para nós, hoje, a lua não passa
Do arremedo de lanterna baça.

XXIII

Sempre humilde, sempre obediente,
Como a manhã, sempre risonha,
Como a vida de um poeta inocente,
Como o beijo doce de quem sonha,
Cachos de seda, sorriso breve,
Gestos, voz, a cintura tão leve,
Olhos como o céu, azuis num relance,
Tudo em Olga... Mas qualquer romance
Que pegar lhe dará seu retrato
Bem fiel: é muito bonito, eu sei.
Noutros tempos, eu mesmo o amei.
Hoje, acho infinitamente chato.
Agora, meu leitor, me dê uma folga:
Vou tratar da irmã mais velha de Olga.

XXIV

Sua irmã se chamava Tatiana...[13]
É a primeira vez que alguém se atreve
A tal nome, de fonte cotidiana,
Usar num romance doce e leve.
E daí? É bonito, soa bem;
Mas sei que, com ele, vem também

Lembranças de coisas antiquadas
Ou até da ala das criadas!
Nossos nomes não primam, convenhamos,
Por graça ou elegância extremas
(Isso para não falar dos poemas):
Do Iluminismo pouco assimilamos.
Dele, nos bastaram alguns sinais,
Mera afetação, e nada mais.

xxv

Portanto, Tatiana se chamava.
Da irmã não tinha a beleza,
Nem seu frescor rosado ostentava.
Não era atraente, com certeza.
Tristonha, selvagem e calada,
Como corça do bosque assustada,
Ao lado de seus familiares,
Parecia filha de outros lares.
Não sabia o afeto mostrar
Nem com os pais; criança esquiva,
No meio de crianças tão vivas,
Não queria pular, nem brincar.
Não raro, sozinha, ficava ela
Muda, o dia todo na janela.

xxvi

Desde o berço, com a ajuda dos sonhos,
O devaneio, seu amigo leal,
Embeleza o mundo tristonho
Do arrastado ócio rural.
Seus dedos mimados não conhecem
Agulha ou linha e nunca tecem

Nem animam a tela dos bordados
Com ornatos em seda trançados.
Impondo ao boneco sua vontade,
A criança exercita a voz do mando.
Desse modo, se prepara, brincando,
Para as leis morais da sociedade,
Repetindo para o boneco, em segredo,
As lições que ouviu da mãe mais cedo.

XXVII

Mas em bonecas, mesmo na infância,
As mãos de Tatiana nem tocavam.
Da cidade ou de moda e elegância
Suas conversas nunca tratavam.
Alheia a jogos e travessuras,
Preferia, nas noites escuras,
Ouvir contos de horror e, no frio,
Correr no coração um arrepio.
Quando a babá, no vasto gramado,
Reúne as muitas amigas de Olga
Para o jogo que a todas empolga,
Tatiana não brinca de queimado.*
Não lhe diz nada tanta algazarra,
Os risos fúteis, a frívola farra.

XXVIII

Gostava de ficar na varanda,
Pressentir a aurora ainda na fonte,

* Em russo, *goriélki*. Trata-se, a rigor, de um jogo praticado ao
ar livre para celebrar a primavera, no qual as pessoas fogem de
outras, que as perseguem. A palavra *goriélki* vem do verbo *goriet*,
queimar.

Quando desaparece a ciranda
Das estrelas no baço horizonte,
Quando a última linha do mundo
Calma, clareia e um vento, ao fundo,
Avisa que a manhã se avizinha.
No inverno, a sombra da noite caminha,
Avança e toma metade de tudo;
Por muito tempo, no silêncio ocioso,
Sob o longo luar nebuloso,
A aurora dorme, tarda e, contudo,
Tatiana acorda, com certeza,
Na hora de sempre: a vela ainda acesa.

XXIX

Gostou de romances desde cedo,
Pois o lugar do real tomavam.
Adorava o fictício enredo
Que Richardson* e Rousseau tramavam.
O pai era simpático e amigo,
Não via nos livros nenhum perigo.
Para ele, eram mero passatempo,
Pois havia parado no tempo.
Não lia nem pensava em saber
Que obra secreta era o companheiro
Que a filha punha sob o travesseiro
E com ela dormia até amanhecer.
Com a mãe, a diferença era pouca:
Pelo Richardson também foi louca.

* Samuel Richardson (1689-1761), tido como criador do romance inglês moderno.

XXX

A mãe adorara Richardson,
Não porque o tivesse lido
Nem porque fosse Grandison,
E não Lovelace,* seu preferido.[14]
Mas porque a princesa Alina,
Antes, em Moscou, sua prima,
Elogiara demais tal leitura.
O futuro marido, a essa altura,
Era seu noivo a contragosto:
Por outro é que ela suspirava.
No coração e na mente, o admirava
Com muito mais alegria e gosto.
Seu Grandison era dândi e jogador,
Sargento da Guarda do Imperador.**

XXXI

Como ele, a jovem só andava
No rigor da moda mais cortês.
Mas, sem perguntar o que ela achava,
Levaram-na ao altar de uma vez.
Para seu desgosto dirimir,
O marido resolveu partir
Para suas terras sem demora.
Deus sabe em que companhia, agora,

---

* Grandison representa o homem virtuoso, no romance *A história de Sir Charles Grandison* (1754); Lovelace representa o homem pérfido, no romance *Clarissa, ou a história de uma jovem* (1748), duas obras de Samuel Richardson.
** Na Guarda do Imperador, os soldados eram nobres. O único coronel era o próprio imperador. Portanto, o posto de sargento equivalia ao de coronel numa tropa normal.

Ela chora aos berros, lá, no início.
Por pouco, não se divorcia.
Depois, com o trabalho se alivia,
Se acostuma, alegre em tal ofício.
O hábito é a dádiva mais alta,
Quando a felicidade nos falta.[15]

XXXII

O costume adoça a amargura,
Mesmo aquela que a tudo resiste;
Uma descoberta, nessa altura,
Transformou aquela moça triste.
Entre os lazeres e os afazeres,
Descobriu o segredo e os prazeres
De mandar e desmandar no marido.
E tudo em volta ficou florido.
Num coche, os trabalhos vistoriava,
Fazia as contas, conservava frutas,
Cogumelos, e escolhia os recrutas.*
Todo sábado, ela se banhava,
Punia as criadas por mero gozo —
Tudo isso, sem consultar o esposo.

XXXIII

Antes, falava com voz cantada,
Chamava a Praskóvia de *Pauline*,
Escrevia, muito entusiasmada,
Nos álbuns das amáveis meninas.
Cingia o corpete até a raiz,

* Os senhores de terra tinham a prerrogativa de escolher, entre os servos, aqueles que iam servir o Exército.

Pronunciava pelo nariz
O *N* russo, como o francês.
Mas agora tudo se desfez.
Corpete, álbuns, princesa Alina,
Versinhos melosos — tudo passou.
À mesma que, antes, ela chamou
Céline, só chama de Akulina.
A touca russa adotou, afinal,
E a grossa túnica tradicional.

XXXIV

O marido a amava de verdade
E em seus caprichos não se metia.
Confiava e a deixava à vontade,
E, de roupão, comia e bebia;
A vida tranquila ia passando.
Vinham visitas de vez em quando:
Boas famílias da vizinhança,
Velhos amigos de confiança.
Falam mal de alguém que não está lá,
Dão risadas, reclamam da vida.
O tempo passa e, na hora devida,
Pedem para Olga servir o chá.
Vem a janta, o sono nunca atrasa,
E as visitas voltam para casa.

XXXV

Guardavam a mesma vida serena,
Os costumes dos tempos antigos,
Na Máslenitsa,* comiam sem pena

* Festa russa que precede a Quaresma e cuja data corresponde
ao Carnaval brasileiro: sete semanas antes da Páscoa. No en-

Os *blini* russos, feitos de trigo.
Em grandes rodas, juntos cantavam,
Duas vezes por ano, jejuavam
E, entre canções, previam o futuro.
Na Trindade, o povo, no escuro,
Boceja na missa interminável.
No ramo que seguram na mão,
Pingam três lágrimas de emoção.*
O *kvas*,** como a água, é indispensável.
Sempre servem cada comensal
Na ordem da escala social.

XXXVI

Os dois foram envelhecendo juntos.
E se abriu, para ele, o já esperado
Portão da morada dos defuntos:
Com outra coroa foi laureado.***
Morreu uma hora antes do almoço.
O vizinho chorou sem alvoroço,
Choraram filhas e esposa leal
Com mais sentimento que em geral.
Foi um bom fazendeiro e senhor.
E lá, onde o seu pó repousa,

----

tanto, tem origem pagã e assinala o início da primavera. Entre
as tradições da festa, está o largo consumo do *blin*, a panque-
ca russa. Seu formato e sua cor simbolizam o sol.
* Segundo a tradição, o número de lágrimas correspondia ao
número de pecados que deviam ser confessados.
** Tradicional bebida fermentada e refrescante, feita de pão e
água, de teor alcoólico muito baixo.
*** Na cerimônia de casamento da Igreja ortodoxa, os noivos são coroados. Aos mortos, porém, dedicam-se coroas de
flores.

Está inscrito na fúnebre lousa:
Dmítri Lárin, pobre pecador,
Servo de Deus, brigadeiro,* aqui jaz
Sob esta pedra. Descanse em paz.

XXXVII

Liênski, de volta ao lar paterno,
Dedicou ao vizinho uma visita,
No local de seu descanso eterno,
E um suspiro por sua desdita.
Bateu lento o coração desolado.
"*Poor Yorick!*",[16] falou desconsolado,**
"Levou-me nos braços, quando criança.
Quantas vezes brinquei na infância
Com a medalha de Otchákov*** que ganhara!
A mim destinou a Olga. E dizia:
'Viverei para ver esse dia?'...".
Liênski, com tristeza mais que rara,
Compõe na hora uma original
Forma fúnebre de madrigal.

* Patente militar situada entre o posto de coronel e o de major-general.
** Em inglês, no original: "Pobre Yorick!". Palavras do príncipe Hamlet, na peça homônima de William Shakespeare, ao deparar, no cemitério, com os ossos de Yorick, o bobo da corte. As palavras seguintes de Liênski constituem uma adaptação da fala de Hamlet, naquela cena.
*** Cidade situada à margem do mar Negro, onde, em 1788, durante a Guerra Russo-Turca (1787-91), as tropas russas tomaram uma fortaleza otomana.

XXXVIII

Também ali, em honra aos pais,
Compôs um epitáfio em voz sentida,
Dedicado às cinzas ancestrais...
Oh! Nos sulcos do arado da vida,
A safra efêmera das gerações,
Pelas misteriosas intenções
Da Providência, brota, cresce e cai.
Outros logo os seguem, num vem e vai...
Nossa tonta tribo, mal ou bem,
Assim cresce e se alvoroça, às turras,
E os avós para o caixão empurra.
Mas nossa hora virá também.
E nossos netos, em um segundo,
Também nos expulsarão do mundo.

XXXIX

Até lá, melhor embriagar-se
Com o licor fugaz da vida, amigos!
Sua irrelevância, sem disfarce,
Eu bem conheço, porém não ligo.
Cerrei os olhos para as miragens;
Mas esperanças, em vagas imagens,
Às vezes atiçam meu coração.
Triste é partir do mundo em vão,
Sem um traço visível deixar;
Vivo e escrevo não para o elogio;
Mas gostaria, eu desconfio,
De meu pobre destino honrar:
Que ao menos um som guarde de mim,
Como um amigo, a lembrança até o fim.

XL

Que um som num coração não se apague.
Quem sabe, pelo destino bendita,
Nas águas do Letes* não naufrague
Alguma estrofe por mim escrita.
Talvez (esperança lisonjeira)
Um tolo, um dia, numa feira,
Risque meu retrato com uma seta
E escreva: "Este, sim, foi poeta!".
Aceite, aqui, minha gratidão,
Adorador das amáveis musas,
Oh, você, cuja memória confusa
Guarda minha efêmera criação,
E vai afagar com a mão irmã
Os louros na cabeça anciã!

---

* Ou Lete. É o rio do esquecimento, no Hades, o mundo dos mortos, na mitologia grega.

Terceiro capítulo

*Elle était fille, elle était amoureuse.**
Malfilâtre

---

* Em francês: "Ela era moça, ela estava apaixonada". Extraído do poema "Narcisse dans l'île de Vénus" [Narciso na ilha de Vênus], do escritor francês Jacques Clinchamps de Malfilâtre (1732-67).

I

"Ah, esses poetas! Já vai sair?"
"Até logo, Oniéguin. Está na hora."
"Não vou prender você: pode ir.
Mas onde passa as noites, agora?"
"Na casa das Lárina." "Que bandido!
Vai dizer que não acha aborrecido,
Toda noite, o seu tempo perder?"
"Nem um pouco." "Não dá para entender.
Sem ter ido lá, já vejo a cena.
Escute (diga se não é verdade!):
Família russa, simplicidade
Com as visitas, conversa amena,
Os eternos temas da vida banal:
Chuva, compotas, gado, curral."

II

"Pois eu não vejo que mal há nisso."
"Ora, é maçante; eis o mal, amigo."
"Seu mundo de moda e rebuliço
Me incomoda. Prefiro um bom abrigo

Familiar, no qual..." "Mais uma ode!
Outra pastoral! Assim não pode!
Mas o que foi? Está indo? Que pena!
Espere! Essa divindade terrena
Que domina sua pena, sua mente,
Sua rima, sua alma *et caetera*...*
Quem sabe, conhecer eu pudera..."
"Está brincando?" "Não: me apresente."
"Com todo o prazer." "Agora. Pode ser?"
"Sim. Vão gostar de nos receber."

III

"Vamos." E lá se foram os amigos.
Chegaram e se viram cobertos
Da hospitalidade ao jeito antigo,
Às vezes excessiva, é certo:
O surrado rito da comilança,
A compota em pratinhos de criança,
Sobre a mesa, um pano ao velho estilo,
E a jarra com suco de mirtilo.
....
....
....
....
....
....

* Em latim, mas deve-se considerar aqui a pronúncia como paroxítona: *et caetéra* (abreviado, modernamente, como "etc.").

IV

De volta à casa, os dois, a toda brida,
Lá se vão, pelo caminho mais veloz.[17]
Agora ouçamos às escondidas
A conversa de nossos heróis:
"Mas o que é isso, Oniéguin? Um bocejo?".
"É o costume, Liênski." "Mas eu bem vejo:
Seu tédio aumentou." "Não. Está igual.
Olhe, escureceu muito. Isso é mau.
Mais rápido, Andriúchka,* mais depressa.
Puxa, que lugar mais idiota!
Aliás, a Lárina é uma velhota
Bem simpática e doce: uma peça!
Só que o suco parecia passado:
Vai deixar meu estômago embrulhado."

V

"Diga: qual delas é a Tatiana?"
"Ora, é a triste, sabe? É aquela
Calada como uma Svetlana,**
Que entrou e sentou junto à janela."
"Você ama a mais nova? Quem diria!"
"Por quê?" "A outra é que eu escolheria,
Se fosse poeta, ou coisa parecida.
Nas feições de Olga, não há vida.
À Madona de Van Dyck*** ela é igual.
Bela cara corada e redonda,

---

* Diminutivo do nome Andréi. Na cena, é o cocheiro.
** Personagem do poema "Svetlana", de Vassíli Jukóvski (1783--1852), poeta romântico russo, amigo e protetor de Púchkin.
*** Antoon van Dyck (1599-1641), pintor flamengo.

Como essa lua tola, hedionda,
Nesse horizonte tolo e banal."
Liênski respondeu seco, sisudo.
No resto da viagem, ficou mudo.

VI

A visita de Oniéguin, no entanto,
À casa das Lárina causou
Em todos impressão e espanto,
E a vizinhança se alvoroçou.
Mil conjeturas conspirativas
Se espalharam em conversas furtivas.
Com malícia, a intriga cotidiana
Anteviu um noivo para Tatiana.
Alguns diziam que o casamento
Já era compromisso firmado,
Apenas, por enquanto, adiado,
Na falta de alianças a contento.
Já o caso de Liênski era sabido:
Havia muito estava decidido.

VII

Tais intrigas irritavam os ouvidos
De Tatiana; mas, lá no fundo,
Com prazer inefável e incontido,
Pensava naquilo a cada segundo.
A ideia cresceu no coração.
Chegou a hora: veio a paixão.
Assim a semente no solo caída,
Na primavera ardente, ganha vida.
Há muito que sua fantasia
Queima na volúpia, em desalento,

Com a fome do fatal alimento.
Há muito que a ânsia que a angustia
Aperta o peito, e o ar não vem;
A alma sempre à espera de... alguém.

VIII

Os olhos se abrem... Termina a espera;
Ela diz: é ele! Pobre coitada!
Agora, em sonhos, ardente quimera,
Ou de dia, sonhando acordada,
Em tudo e sempre, ele aparece:
Um feitiço que não arrefece.
Sua voz, sua face, sempre, em tudo,
E o que dele não fala, para ela, é mudo.
O olhar e a voz cheia de carinho
Da velha criada — tudo a irrita.
Nem ouve a conversa da visita,
Maldiz seu ocioso burburinho,
Roga pragas à inconveniente
E à sua demora insistente.

IX

Agora, com que cega atenção,
Ela lê um romance meloso,
Com que força a encanta a ilusão
E a voz do fascínio enganoso!
Pelo dom das artes literárias,
As criaturas imaginárias,
O amante de Julie Wolmar,*

_____
* Esta estrofe faz referência aos seguintes personagens: Julie Wolmar é protagonista do romance *Julie, ou la Nouvelle*

O Malek-Adhel e o De Linar,[18]
O Werther, de alma perturbadora,
E o incomparável Grandison,
Que, na verdade, só nos dá sono,
Todos, para a meiga sonhadora,
Numa única imagem se erguem,
Fundidos na figura de Oniéguin.

X

Imaginando-se a heroína
De seus autores adorados,
Uma Clarissa, Julie ou Delphine,*
No ermo de bosques desolados,
Tatiana lê um livro perigoso.
Nele, busca e encontra o misterioso
Fogo que os sonhos consome, no escuro:
Frutos frescos de um amor maduro.
Ela assimila o ardor e o gemido
De tais seres estranhos e, pior,

Héloïse (1761), de Rousseau; Melek-Adhel é o herói do romance
Mathilde, ou Mémoires tirés de l'histoire des croisades (1805),
da francesa Sophie Cottin (1770-1807); De Linar é personagem
do romance *Valérie, ou Lettres de Gustave de Linar à Ernest
de G.* (1804), da alemã Barbara Juliane von Krüdener (1764-
-1824); Werther é o herói do romance *Os sofrimentos do jovem
Werther* (1774), de Goethe; Grandison já foi mencionado em
nota anterior.
* Clarissa é personagem de *Clarissa: Ou a história de uma
jovem* (1748), de Samuel Richardson. Para Julie, ver nota da
estrofe anterior. Delphine é personagem do romance homônimo de Germaine de Staël, mais conhecida com Madame de
Staël (1766-1817).

Num transe, ela sussurra de cor
Uma carta para um herói querido.
Mas nosso herói, seja ele quem for,
Não é Grandison, claro: por favor.

XI

Noutros tempos, o autor inflamado
Elevava o tom de seu diapasão.
Seu herói era representado
Como a imagem da perfeição.
O ser amado era a eterna vítima,
Acossada por razão ilegítima.
Tinha alma sensível, inteligente,
Rosto sincero e muito atraente.
Com a chama da paixão mais pura,
O herói encarava qualquer suplício,
Disposto sempre ao sacrifício.
Na página final da aventura,
O vício, com rigor, era punido;
A virtude tinha o prêmio merecido.

XII

Mas hoje as mentes exalam neblina,
Nos dão sono a moral e sua vitória.
Também num romance o vício fascina
E até triunfa no fim da história.
As lorotas da musa inglesa
Assolam o sono da jovem indefesa.
Seus ídolos, de agora em diante,
São o Corsário, o Judeu Errante,*

* A estrofe se refere aos seguintes personagens: Corsário é o
herói do poema homônimo (1814) de Lord Byron; o Judeu Er-

Sbogar, o bandoleiro confesso,[19]
E o Vampiro meditabundo,
Ou Melmoth, tétrico vagabundo.
Lord Byron, num lance de sucesso,
Disfarçou de choroso romantismo
O mais implacável egoísmo.

XIII

Mas há nisso alguma serventia?
Talvez, amigos, se o Céu ajudar,
Deixarei de ser poeta um dia:
Novo demônio em mim vai morar.
Sem temer de Febo* o ciúme,
Descerei à prosa de costume,
E um romance à moda antiga
Vai encher minha velhice amiga.
Nele, não vou pintar as aflições
Mais misteriosas da maldade,
Vou contar, sim, com simplicidade,
Da família russa as tradições,
Os sonhos de amor encantados,
Os costumes dos antepassados.

---

rante é personagem de uma lenda da tradição oral cristã, que
figura em diversos romances da época, como, por exemplo,
Manuscrito encontrado em Saragoça, do polonês Jan Potocki
(1761-1815); Sbogar é protagonista do romance *Jean Sbogar*
(1818), do francês Charles Nodier (1780-1844); o Vampiro é
protagonista do romance *O Vampiro* (1819), do inglês John
W. Polidori (1795-1821); Melmoth é personagem do romance
Melmoth, the Wanderer [Melmoth, o Errante] (1820), do inglês Charles Robert Maturin (1782-1824).
* Na mitologia romana, deus da poesia e da música.

XIV

A fala simples do pai e do tio,
Os encontros dos enamorados
Junto às tílias e à beira do rio,
As torturas dos enciumados,
A briga, a bruta separação,
Lágrimas de reconciliação...
Farei os dois, de novo, brigar
Para enfim levá-los ao altar.
Com voz de volúpia apaixonada,
Direi palavras de amor sofrido,
Que outrora, lá, em tempos idos,
No chão, aos pés da bela amada,
Sempre eu tinha na ponta da língua
E das quais agora eu ando à míngua.

XV

Eu choro com você, Tatiana,
Doce Tatiana! O seu destino
Você já entregou à mão tirana
De um rei da moda e do gosto fino.
Será seu fim, querida; mas antes
Você, entre esperanças ofuscantes,
Invoca uma alegria indefinida,
Sorve a nova volúpia da vida,
O veneno mágico do desejo:
Acossada por sonhos, você,
Em toda parte, imagina e vê
Recantos para encontros; num lampejo,
Em toda parte, vê, tão real,
O vulto do tentador fatal.

XVI

Premida pela angústia do amor,
Tatiana vai ao jardim lamentar-se.
De súbito, os olhos gelam, sem cor,
Pesam-lhe os pés, sem movimentar-se.
O peito infla, cores vivazes
Coram as faces com chamas fugazes.
Nos lábios, morre o ar com um gemido.
Luz nos olhos e um rumor no ouvido...
Vem a noite; a longa lua rola
No céu sua ronda, sua viagem.
O rouxinol, na bruma da folhagem,
Belas melodias cantarola.
No escuro, ela não dorme. O que há?
E em voz baixa ela diz à babá:

XVII

"Não posso dormir: está tão abafado!
Abra a janela e sente comigo."
"Tânia,* o que você tem?" "É um enfado.
Vamos falar sobre o tempo antigo."
"Mas sobre o quê, Tânia? Antigamente,
Na lembrança, eu tinha presente
Tantas lendas e histórias reais,
De mocinhas e forças infernais;
Mas, Tânia, a mente escureceu,
O que eu sabia, esqueci: é o fim.
Tempos duros chegaram para mim!
Acabou-se..." "Conte o que viveu,
Quando era moça, e o que sentia:
Você se apaixonou algum dia?"

* Hipocorístico de Tatiana.

XVIII

"Ora essa, Tânia! Ninguém na vida,
Então, sequer falava de amor;
Senão minha sogra, falecida,
Me mandava para o inferno. Que horror!"
"Mas como foi que você casou?"
"A vontade de Deus assim mandou.
Treze anos eu tinha, e meu marido,
Menos ainda, o Vânia* querido.
Duas semanas, lá em casa, cedo,
Aparecia a casamenteira.
Meu pai deu a bênção costumeira.
Chorei amargamente de medo.
Desfizeram minha trança,** chorando.
Levaram-me à igreja, cantando.

XIX

Fui morar com uma família estranha...
Mas você nem está me ouvindo..."
"Ah, babá, é uma angústia tamanha!
O que é essa aflição que estou sentindo?
Engasgo em soluços, de repente!..."
"Minha filha, você está doente;
Deus louvado, o Senhor nos proteja!
O que você quer, o que deseja?...
Vou pingar água benta... a testa arde..."
"Não estou doente, não tenho nada:
Eu, babá... sabe, estou... apaixonada."

* Hipocorístico de Ivan.
** As solteiras usavam uma trança, que era desfeita e transformada em duas quando ficavam noivas, numa cerimônia acompanhada por cantos de lamento.

"Minha filha, Deus nos livre e guarde!"
E a babá, dizendo uma oração,
Benzeu Tatiana com a mão.

xx

"Apaixonada", falou novamente
Para a velha, em voz baixa e desolada.
"Filhinha, meu bem, você está doente."
"Deixe-me. Estou apaixonada."
Entretanto, a lua brilhava
E, com luz lânguida, iluminava
Tatiana, seu pálido encanto,
O cabelo solto, as gotas de pranto,
E, num banco em frente à heroína,
A velhinha com um lenço que cobre
A cabeça grisalha e seu pobre
Casaco de trabalho e rotina.
Sob o silêncio inspirador da lua,
O sono em tudo se insinua.

xxi

O coração voava distante,
Enquanto Tatiana olhava a lua...
E lhe veio uma ideia, num rompante...
"Babá, puxe essa mesa: ela recua.
Traga papel e pena para cá.
Agora me deixe; eu vou deitar.
Até amanhã." Fica só, no silêncio.
E a lua lança seu brilho imenso.
Cotovelo na mesa, ela se atira,
Com Oniéguin na mente e a pena em punho,
Numa carta escrita sem rascunho,

Em que o amor inocente respira.
Carta pronta, dobrada, muito bem...
Mas, Tatiana! Essa carta é para quem?

XXII

Conheci beldades inacessíveis,
Puras, frias, como a neve plana,
Implacáveis, incorruptíveis,
Insondáveis à razão humana.
Eu amava seu orgulho elegante,
Sua inata virtude petulante.
Mas, confesso, delas eu fugia,
Pois, com pavor, parece que lia
A inscrição do inferno em sua testa:
Perca toda esperança, quem entrar.[20]
Para elas, é desgraça amor inspirar;
Criar terror, no entanto, é uma festa.
Nas margens do Nievá, o leitor,
Talvez, viu damas desse teor.

XXIII

Rodeadas de dóceis adoradores,
Vi algumas dessas raras criaturas
Que ouviam suspiros e louvores
Com frieza vaidosa e dura.
E o que eu descobri com surpresa?
Elas, com seu rigor e firmeza,
Que assustavam o amante acanhado,
De novo o atraíam para o seu lado.
Nem que fosse só por compaixão,
Faziam o tom de algum adjetivo
Soar, às vezes, mais afetivo.

E a cegueira incauta da ilusão
Lançava o amante de pouca idade
No encalço da doce frivolidade.

XXIV

Então de que vão acusar Tatiana?
De, com a pureza do afeto,
Que a ninguém ilude ou engana,
Acreditar em seu sonho dileto?
De amar sem artifício ou artimanha,
Fiel ao sentimento que a acompanha?
De ser tão crédula e confiante,
De ter imaginação vibrante,
De ser rebelde, por dom celeste?
De ter alma voluntariosa,
Razão e vontade impetuosa,
Coração que contra tudo investe?
Vai o leitor negar seu perdão
À leviana audácia da paixão?

XXV

A coquete calcula, raciocina.
Tatiana, porém, ama de verdade:
Ao amor, como simples menina,
Se entrega com cega lealdade.
Não diz: Calma, vamos devagar,
Para nosso amor valorizar.
Eis o enredo de nossa cilada:
Primeiro, injetar, com uma picada,
Na vaidade uma vaga esperança,
Ferir de incerteza o coração,
Pôr em brasa o ciúme que era carvão.

Ou do prazer a presa se cansa,
E o astuto escravo terá prementes
Rasgos de romper suas correntes.

XXVI

Prevejo, aqui, um novo problema:
Para honrar a pátria, que nos irmana,
Deverei eu (eis o dilema)
Traduzir a carta de Tatiana?
Do russo ela bem pouco sabia,
Nossas revistas ela não lia,
Se exprimia e explicava-se mal
Em seu próprio idioma natal.
Portanto, escrevia em francês...
Que fazer? Repito: são nossos dramas.
Até hoje, o amor de nossas damas
Não falou russo nenhuma vez.
Nossa língua, de orgulho tão farta,
Não se presta, ainda, à prosa das cartas.

XXVII

Há quem queira obrigar as damas
A ler em russo. Céus, que visão!
Dá para imaginá-las na cama,
Com O Bem-Intencionado[21] na mão?
É a vocês, poetas, que eu interpelo:
Não é fato que os seres tão belos
Aos quais, para expiar os pecados,
Vocês dedicam versos cifrados
De amor secreto e secretas juras,
Mal dominam o russo (não é fato?)
E, ao falar, lhe deram estranho trato,
Desfiguraram-no com doçura

E, em seus lábios, a língua estrangeira
Tornou-se materna e costumeira?

XXVIII

Deus me livre de, num baile, encontrar
Um seminarista* de bracelete
Ou um acadêmico de colar,
Com um brilhante num alfinete!
Em bocas rubras sem sorriso,
Ou no russo sem uso impreciso
Da gramática, não vejo graça.
Talvez, para minha desgraça,
As beldades da nova geração
Ouçam a súplica dos jornais,
Nos deem lições gramaticais,
Nos versos mostrem mais correção.
Mas... o que isso tem a ver comigo?
Serei fiel a meu tempo antigo.

XXIX

O balbucio relapso e errado
E palavras ditas de mau jeito
Farão vibrar, como no passado,
Meu coração no fundo do peito.
Não consigo me arrepender:
Os galicismos me dão prazer,
Como os pecados da mocidade
E de Bogdanóvitch** a veleidade.

* Os seminaristas representavam uma classe de alto nível de
instrução.
** Ippolit Bogdanóvitch (1743-1803), poeta russo, tido como

EVGUIÊNI ONIÉGUIN

Mas basta! É hora de trabalhar.
Falo, falo, e a tal carta não sai...
Dei minha palavra: e agora? Ai, ai, ai...
Acho melhor tudo abandonar.
Pois sei que a pena meiga de Parny*
Já saiu de moda por aqui.

XXX

Ó, cantor dos *Festins*** e da tristeza![22]
Se ainda estivesse a meu lado,
Eu lhe faria a indelicadeza
De pedir um favor complicado:
Verter, em mágica melodia,
A prosa estrangeira em que escrevia
Minha moça, com a paixão no peito.
Onde está? Venha! Meus direitos
A você transfiro de uma vez...
No entanto, entre rochedos sombrios,
Com o coração alheio a elogios,
Sozinho sob o céu finlandês,
Você vaga com suas agruras,
Sem ouvir as minhas amarguras.

———

fundador da poesia ligeira, que incorporou traços da linguagem cotidiana à literatura.
* Évariste de Parny (1753-1814), poeta francês, muito popular na época.
** Título de um poema de Evguiêni Baratínski (1800-44), amigo de Púchkin, escrito em 1826. Na época, Baratínski estava na Finlândia (então, parte do Império Russo), como soldado raso e privado de seus direitos de nobre. Tratava-se de um castigo por uma indisciplina cometida na escola militar. Só depois de cumprida a pena, ele poderia recuperar seus direitos e ser promovido a oficial.

XXXI

A carta está inteira à minha frente,
Eu a guardo como algo sagrado.
Em segredo, angustiadamente,
Leio e releio, jamais saciado.
Quem nela inspirou tal ternura
E essa espontaneidade tão pura?
Quem inspirou o doce contrassenso,
Perigoso, sedutor e imenso,
Da fala que vem do coração?
Não sei dizer. Mas está aqui:
De um quadro vivo, um mero croqui,
Minha pobre e imprópria tradução.
Como a ópera *Freischütz*** tocada
Por dedos de uma aluna cansada.

A CARTA DE TATIANA PARA ONIÉGUIN

Escrevo para o senhor — que mais dizer?
O que eu ainda posso acrescentar?
Agora sei: está em seu poder
Com seu desprezo me castigar.
Mas se o senhor, ao me ver sofrer,
Tiver um pingo de compaixão,
Não me deixará na solidão.
Primeiro, pensei manter segredo;
Minha vergonha, eu bem sabia,
Nunca o senhor a descobriria,
Se eu tivesse de esperança um dedo
De vê-lo aqui, não duas ou três,
Mas, por semana, só uma vez,

---

* Ópera do alemão Carl Maria von Weber (1786-1826), conhecida como *O franco atirador* (1821).

Para ouvir sua voz, e mais nada,
Dizer-lhe alguma palavra a esmo,
Depois pensar, pensar sempre o mesmo,
Até a nova visita, aguardada.
Dizem que o senhor não é sociável,
Que a vida aqui ao senhor entedia,
E nós... nada temos de admirável.
Mas o senhor nos traz alegria.

Por que veio aqui nos visitar?
Eu jamais o teria conhecido:
Neste ermo perdido que é o meu lar,
Nada disso eu teria sentido.
O tempo (será?) iria aplacar
As ânsias de uma alma inexperiente,
E um bom amigo de coração
Eu acharia e, com devoção,
Seria esposa e mãe contente.

Outro!... Não. No mundo, a mais ninguém
Meu coração eu entregaria.
Foi decidido e escrito no Além:
Sou sua! É o Céu que ordena e guia.
Toda a minha vida foi uma promessa,
Desse encontro, a premonição.
Deus o enviou, a verdade é essa,
E até o fim será o meu guardião...
Era com você que eu sonhava,
Sem vê-lo, já me era querido.
Meu peito ficava enlanguescido
Quando, na alma, sua voz ressoava.
Já faz tempo... Não. Sonho não era!
Mal você entrou, eu me dei conta,
Me vi em brasa, arrepiada e tonta,
E pensei: É ele! Também pudera!
Não é você que mil vezes eu ouvia,

No silêncio, só comigo falando,
Quando nossos pobres eu socorria
E a angústia que me afligia
Eu aplacava, quieta, rezando?
E neste instante em que a mão escreve,
Não foi você, visão bela e breve,
Que, num lampejo, passou no escuro,
Se inclinou à minha cabeceira,
Sussurrou, com afeição verdadeira,
Raras palavras de amor puro?
Quem é você? Anjo protetor,
Ou astucioso tentador?
Às minhas dúvidas dê um fim.
Talvez tudo seja um desatino
Da alma inocente que mora em mim!
E diferente será meu destino...
Não importa! Minha sorte entrego
Em suas mãos. À sua frente eu choro.
São lágrimas que eu não renego,
E sua proteção suplico, imploro...
Imagine: eu vivo aqui sozinha,
Ninguém consegue me entender,
Minha mente, esgotada, definha,
E em silêncio eu hei de morrer.
Espero você: com um só olhar,
Devolva ao meu coração a vida,
Ou o véu do sonho pode rasgar,
Ah, com a censura merecida!

Terminei! Reler me dá pavor...
De vergonha, corre um calafrio...
Mas sua honra é o meu penhor,
E nela, com coragem, me fio...

XXXII

Tatiana ora geme, ora suspira;
A carta treme na sua mão;
A língua seca vira e revira,
Tenta molhar o selo em vão.
A cabeça para o lado se inclina,
A camisola desliza, bem fina,
Por cima do ombro encantador.
Mas do luar já se apaga o esplendor.
Na neblina, o vale clareia.
O rio cor de prata desperta,
A corneta de chifre dá o alerta:
É o pastor que acorda a aldeia.
Amanheceu: ninguém dorme mais.
Para a minha Tatiana, tanto faz.

XXXIII

Nem nota que já veio a alvorada.
Cabeça baixa, um tempo ainda fica
Sem colar na carta fechada
O selo que a identifica.
Mas a porta se abre devagar.
Filípievna, grisalha, vai entrar:
Traz o chá na bandeja, que brilha.
"Está na hora, acorde, minha filha!
Mas, meu anjo, você já levantou!
Meu passarinho que acorda cedo!
De noite, você até me deu medo!
Graças a Deus, se recuperou!
No rosto, nem sinal daquela dor:
Parece uma papoula em flor."

XXXIV

"Ah! Babá, faça-me um favor."
"Claro, meu anjo, pode falar."
"Não desconfie... nem vá supor...
Mas, veja... Ah! Não pode negar..."
"Claro, juro por Deus, minha amiga."
"Então chame seu neto e lhe diga
Que leve esta carta para... Veja...
Para o vizinho... e diga que seja
Bem discreto, não fale a ninguém,
Não mencione meu nome, nem nada..."
"Ah, minha cabeça hoje está cansada.
Desculpe, querida; é para quem?
Tem tanto vizinho que eu perco a conta,
Só de pensar, eu fico tonta."

XXXV

"Mas, babá, você não adivinha?"
"Meu anjo, estou tão envelhecida.
Uma cabeça velha como a minha...
Antigamente, eu era sabida,
Bastava o patrão apontar a porta..."
"Mas, babá! O que isso me importa?
O que me interessa a sua cabeça?
A questão é a carta, não esqueça:
É para Oniéguin." "Sim, pode deixar.
Não fique brava, meu anjo; afinal,
Você sabe que eu entendo mal...
Ficou pálida outra vez. O que há?"
"Não é nada, babá, tudo certo.
Mande o seu neto, que é esperto."

XXXVI

Mas corre o dia e não vem resposta.
Outro começa e nada acontece.
Ela espera, pálida, maldisposta,
Bem-vestida, e ninguém aparece.
Só o adorador de Olga as visita.
"E o seu amigo? Ele nos evita?"
Tatiana pergunta, em baixa voz:
"Parece que ele se esqueceu de nós".
Tatiana suspira, se põe a tremer.
Para a velha, Liênski explica:
"Prometeu vir, mas às vezes fica
Com muitas cartas para responder".
Tatiana baixa os olhos para o chão,
Como se ouvisse uma repreensão.

XXXVII

Fim de tarde; ardente, sobre a mesa,
Borbulha o samovar vespertino.
Sobre ele, esquenta a chaleira chinesa;
Por baixo, ondula o vapor fino.
As xícaras, Olga enche uma a uma,
Com o chá pronto que o ar perfuma
E, num jato escuro, sai da chaleira.
Serve o creme o criado, da leiteira.
De pé, à janela, nada ouvindo,
Tatiana bafeja o vidro frio.
Meu anjo pensativo e arredio
Escreve com a ponta do dedo lindo,
No embaçado vidro que ninguém vê,
O secreto anagrama: O e E.

XXXVIII

As letras se esfumam na janela.
Alma lânguida: uma lágrima desce.
Um som de cascos!... Seu sangue gela.
Mais perto! Um galope... Alguém aparece.
Evguiêni! "Ah!" Como sombra fugaz,
Ela foge pela porta de trás,
Do alpendre ao jardim, se esgueira, leve.
Corre, voa e voa; nem se atreve
A olhar para trás; os pés vivazes
Cruzam a cerca, a ponte e a alameda,
Rumo ao lago, por uma vereda,
Rompe os ramos de velhos lilases,
Sobre canteiros passa aos trancos
Até, arfante, brusco, num banco,

XXXIX

Tombar. "É ele! Evguiêni está aqui!
Meus Deus! O que ele pensa de mim?"
Difusa, entre a dor e o frenesi,
A esperança insiste até o fim.
Tatiana queima por dentro e treme.
"Será que ele vem?" Ela espera e geme.
Mas nem sinal. No pomar, as criadas
Colhem frutinhas avermelhadas.
Cantam em coro, é o que manda a patroa.
As razões da ordem são bem sabidas:
Teme que as frutas sejam comidas,
Caso suas bocas fiquem à toa,
Em vez de ocupadas em cantar:
Uma astúcia rural exemplar.

O CANTO DAS MOÇAS

Bonitas meninas,
Mocinhas queridas,
Só brinquem, meninas,
Alegrem a vida!
Entoem a cantiga
Da música amiga.
Um belo rapaz
Atraiam para cá.
Quando ele chegar,
Todo o nosso bando
Vai correr para trás
E sair tacando
No pobre rapaz
Groselha, cereja,
Morango e framboesa.
Quem quer que ele seja,
Que tenha certeza:
Não venha escutar
As nossas canções,
Nem queira espiar
Nossas diversões.

XL

As moças cantam, mas, ansiosa,
Tatiana não ouve com atenção.
Impaciente, espera nervosa
Que o peito cesse a palpitação
E que o ardor no rosto enfim passe.
Mas o fogo aumenta em cada face,
E o coração ainda trepida
Com mais força a cada batida.
Assim a borboleta assustada,

Presa na mão de um adolescente,
Se debate com a asa iridescente;
E assim, na lavoura mal brotada,
A lebre treme ao ver num susto
A ponta da arma atrás do arbusto.

XLI

Mas Tatiana enfim dá um suspiro
E se ergue do banco lentamente.
Anda, mas logo volta num giro:
Na alameda bem na sua frente,
Parado, Evguiêni, olhar chamejante,
Como um fantasma horripilante.
Tatiana, de um golpe, fulminada,
Fica onde está, paralisada.
As muitas consequências, no entanto,
Desse inesperado encontro, amigos,
Faltam-me as forças do tempo antigo
Para contá-las, após falar tanto.
Preciso de um descanso, um passeio.
Mais tarde eu termino, de algum meio.

Quarto capítulo

La morale est dans la nature des choses.*
Necker**

---

* Em francês: "A moral está na natureza das coisas".
** Jacques Necker (1732-1804), economista suíço, integrante do governo de Luís XVI, na França.

I, II, III, IV, V, VI

....

VII

Quanto menos amamos a mulher,
Mais fácil é ganhar seu coração,
Mais perdida ela está, se vier
Para a rede da nossa sedução.
A tal perversão já ergueram louvor,
Como a fria ciência do amor,
Que se gabava, em todo lugar,
De obter todo prazer sem amar.
Mas tal diversão de coelhos
Só é digna de um imitador atroz
Dos tempos vãos de nossos avós.
Como a glória dos saltos vermelhos
E o gosto da empoada peruca,
Lovelace é uma figura caduca.

VIII

A quem não cansa a hipocrisia,
Sempre a mesma coisa redizer,
Persuadir alguém que já o sabia,
E estão todos fartos de saber?
Ouvir sempre a mesma objeção,
Combater preconceitos sem razão,
Pois já não existem, nem por engano,
Nem em meninas de treze anos!
A quem não cansam ameaças,
Apelos, juras, medos fingidos,
Longas cartas com desmentidos,
Intrigas, lágrimas, anéis, trapaças,
A tia atenta, a eterna mãe zelosa,
Dos maridos, a amizade penosa?

IX

De Evguiêni, eram tais os pensamentos.
Ele, na juventude agitada,
Foi vítima de erros turbulentos,
De muita paixão desenfreada.
Mimado por conforto excessivo,
Passava do entusiasmo vivo
À decepção e à amargura.
Todo breve sucesso era tortura,
Como era o lento fogo do desejo.
No falatório ou na calmaria,
Só a voz da própria alma ele ouvia,
Sufocando com o riso o bocejo.
Assim desperdiçou oito anos,
Matando a flor da vida com enganos.

X

Por beldades já não se apaixona.
Só por costume as corteja, ainda.
Negam — consola-se e nem questiona;
Traem — que bom: são férias bem-vindas.
Ele as procura sem empenhar-se,
E as abandona sem lamentar-se.
Delas, rancor e amor mal recorda,
Como a fria visita concorda
Em jogar, mas apenas parece
Interessar-se. Finda a partida,
Findo o disfarce, é a despedida.
Vai para casa, onde calmo adormece.
E, de manhã, ele mesmo ignora
Aonde irá à noite ou mesmo agora.

XI

Mas a carta de Tânia, tão singela,
Deixou meu Oniéguin comovido.
A língua dos sonhos de donzela
Alvoroçou, num enxame, seus sentidos.
Lembrou-se da doce Tatiana,
O ar triste, a palidez de porcelana;
E mergulhou, com emoção pura,
Num ingênuo sonho de doçura.
Quem sabe o ardor de antigamente
Nele por um instante reacendia?
Mas enganar ele não queria
A confiança de uma alma inocente.
Agora ao jardim vamos voando,
Onde ela e ele estão se encontrando.

XII

Por dois minutos, os dois se calam.
Oniéguin enfim chega mais perto.
"A senhora me escreveu", ele fala.
"Não negue. Eu li e vi, franco e aberto,
Um amor que inocente se expressa,
Uma alma que confiante confessa.
Por sua franqueza tenho apreço:
Pois em mim ergueu, do lodo espesso
Do passado, mudos sentimentos.
Mas não vim para fazer elogios,
Nem lhe pagar com discursos vazios.
Em troca, também sem ornamentos,
Minha confissão aceite agora.
Rendo-me à sentença da senhora.

XIII

"Se eu quisesse limitar a vida
À esfera amena de um lar,
Se a sorte me fosse concedida
De esposo e pai eu me tornar;
Se, por milagre ou maravilha,
Eu me acorrentasse a uma família,
Para esposa, é claro, e sem demora,
Eu escolheria a senhora.
Falo sem o brilho dos madrigais:
Tendo achado meu ideal antigo,
Outra eu não levaria comigo,
Para meus tristes dias finais:
Penhor do belo que não esmaece.
E eu seria feliz... se pudesse!

XIV

"Mas não nasci para a felicidade.
Minha alma a ventura ignora.
São inúteis suas qualidades;
Não sou digno delas, nem da senhora.
Creia (a consciência é que jura):
Tal casamento seria tortura.
Por mais que eu a amasse, a rotina
Logo levaria o amor à ruína.
Suas lágrimas, por mais dolorosas,
Em vez de tocar meu coração,
Vão, sim, me encher de irritação.
Portanto, pondere bem que rosas
Himeneu* nos reserva. E, quem sabe,
Por muito tempo, até que a vida acabe.

XV

"No mundo, nada pior existe
Que uma família em que a mulher,
Por culpa do marido, vive triste,
Sem encontrá-lo uma noite sequer.
Em que o homem (embora maldiga
O destino) admite o valor da amiga,
Mas só anda aborrecido, calado,
Roído por um ciúme gelado.
Este sou eu. Seria alguém assim
Que a senhora tinha em mente,
Quando, com sua alma inteligente,
Num tal fervor escreveu para mim?
Será essa a imerecida sina
Que a traiçoeira sorte lhe destina?

* Deus grego do casamento, filho de Apolo e Afrodite.

XVI

"Sonhos, como os anos, não são eternos.
Minha alma não rejuvenesce.
Eu a amo, sim, com amor fraterno,
E amor mais terno até, se pudesse.
Ouça-me sem rancor, sem se irritar.
Quantos sonhos a outros dão lugar,
Entre jovens com tantas escolhas?
Assim a árvore muda de folhas,
Cada primavera, cedo ou tarde.
É natural. A senhora, um dia,
Vai amar de novo, todavia...
Aprenda a dominar sua vontade.
Nem todos, como eu, serão amigos;
A inexperiência traz perigos."

XVII

Evguiêni, assim, pregou seu sermão.
Em lágrimas, com a visão velada,
Arfante, sem nenhuma objeção,
Tatiana escutou sem dizer nada.
Ele deu-lhe o braço. Tristemente
(Como dizem, *mecanicamente*),
Tatiana nele se apoiou.
A cabeça, lânguida, abaixou.
Foram para casa, pelo quintal
Surgiram juntos, e ninguém viu
Nada de mau, só um gesto gentil.
A liberdade da vida rural,
Não menos que a Moscou arrogante,
Tem seus direitos reconfortantes.

XVIII

Os meus leitores hão de convir
Que o nosso amigo se portou bem
Com a triste Tânia, sem a iludir.
Não foi a primeira vez, porém,
Que deu exemplo de tal nobreza.
No entanto, a intriga e a baixeza
Não lhe davam trégua, nem abrigo.
Tanto amigos como inimigos
(E uns aos outros talvez sejam iguais)
O censuravam nos mesmos termos.
No mundo, inimigos todos temos,
Mas de amigos, oh, Deus, nos livrai!
E que amigos, os meus! Eu nem sei!
Não foi à toa que os mencionei.

XIX

Por quê? Por nada. Assim adormeço
Meus vãos e tristes sonhos.
Entre parênteses (senão esqueço):
Não há jamais insulto medonho,
Forjado num porão por um canalha,
Ao gosto da mundana gentalha,
Não há mentira nua e crua,
Nem grosseiro epigrama de rua
Que um amigo nosso, com um sorriso,
Sem a menor intenção maligna,
Numa roda só de gente digna,
Não repita cem vezes, entre risos.
Mas nos defende com unhas e dentes
E nos ama tanto quanto um... parente.

XX

Hum! Hum! Meu muito nobre leitor,
Sua nobre família vai bem?
Com licença: talvez o senhor
Agora espere, como convém,
Que eu diga o que entendo por *parente*.
Pois bem: trata-se de uma gente
Que somos forçados a adorar,
Cercar de mimos e respeitar,
E, à força de um rito rotineiro,
Visitar sem falta no Natal,
Ou abraçar, por via postal,
Para que no resto do ano inteiro
Não pense em nós tal gente querida...
Pronto: que Deus lhes dê longa vida!

XXI

No entanto, o amor de meigas beldades
Mais vale que o de amigos e parentes:
Mesmo entre agruras e tempestades,
Tal amor sempre se fará presente.
Eu sei. Mas a moda é um remoinho;
As marés mundanas, um torvelinho.
De caprichos, a natureza espuma...
E a mulher é leve como pluma.
Sem falar das opiniões do marido,
Que a virtuosa esposa, por lei,
Seguirá às cegas, como a um rei.
Assim sua fiel amiga, meu querido,
Pode trocar de mãos num segundo.
Satã, com o amor, brinca neste mundo.

XXII

Quem amar então? Em quem confiar?
De quem não esperar traição?
No mundo, há quem possa estimar
Tudo segundo o nosso padrão?
Quem não nos difama e calunia?
Quem nos mima e nos faz cortesia?
Quem tolera os nossos defeitos?
Quem não nos irrita de algum jeito?
É vã a busca dessa quimera.
Não desperdice esforços a esmo.
A resposta é: ame a si mesmo,
Leitor venerado. O que espera?
Para esse o amor, não existe objeto
Mais digno dele, nem mais correto.

XXIII

Do encontro, qual foi o resultado?
Adivinhar, ah, não é difícil.
As dores de um amor alucinado
Não interromperam o suplício
Na alma jovem e ávida de agonias.
Não. Com paixão ainda mais sombria,
Tatiana, por dentro, arde em chamas.
O sono abandona sua cama.
Sua cor, sua doçura e saúde,
O sorriso e a calma de menina
Somem como um eco na ravina,
E a sombra cai em sua juventude.
É assim que a tormenta escurece
Um dia que apenas amanhece.

XXIV

Tatiana, que pena, definha,
Empalidece, apaga e se cala!
Nada lhe interessa, sempre sozinha,
Sua alma não vibra, nem se abala.
Os vizinhos balançam a cabeça,
Sussurram, antes que alguém esqueça:
"É hora de arranjar um marido!...".
Mas chega. Deste jeito, estou falido.
Preciso alegrar esta história
Com uma cena de amor feliz.
Não eu: a compaixão foi quem quis
E tornou esta estrofe obrigatória.
Perdão, leitor, se eu amo tanto
Minha Tatiana e seu encanto!

XXV

A cada hora ainda mais cativo
Das belezas de Olga, o poeta
Rendeu-se inteiro ao encanto vivo
Da doçura que, a fundo, a alma afeta.
Sempre juntos, sempre ele e ela,
Na sala, na penumbra, à janela.
No jardim, de mãos dadas passeiam,
Enquanto o céu da manhã clareia.
E o que mais? Pelo amor inebriado,
No embaraço de sua timidez,
No máximo ele ousa, alguma vez,
Quando pelo olhar dela aprovado,
Brincar com um cacho desprendido
Ou beijar a aba do vestido.

XXVI

Para Olga, às vezes, ele lê
Uma obra educativa e sã,
Cujo autor crê melhor conhecer
A natureza que Chateaubriand.*
Duas ou três páginas, todavia,
(Invencionices, loucura vazia —
Para moças, perigo ou desgraça)
Ele pula, ruborizado, sem graça.
Para manterem-se os dois isolados,
Pegam um tabuleiro de xadrez
E jogam, cada um na sua vez,
Cotovelos na mesa apoiados.
Mas Liênski, em sua distração,
Come a própria torre com um peão.

XXVII

Quando em casa, só Olga, e mais nada,
Habita e ocupa seus pensamentos.
Nas folhas do álbum de sua amada,
Com esmero elabora ornamentos.
Desenha uma paisagem campestre,
Um templo em Chipre,** um túmulo agreste,
Um pombo na lira, em linhas breves,
Com pena fina e cores leves.
Nas folhas para recordações,
Abaixo de outras assinaturas,

* François-René de Chateaubriand (1768-1848), escritor romântico e político francês.
** Na Antiguidade, Chipre foi um local de adoração da deusa grega do amor, Afrodite, culto do qual restam ainda vários templos.

Deixa, em rimas, versos de doçura,
Monumento a vãs divagações:
Rasto que dura da ideia fugaz,
Enquanto o resto fica para trás.

XXVIII

Claro: todos já viram, aos milhões,
Álbuns de moças que, por recreio,
As amigas cobrem de borrões,
No fim, no início e também no meio.
Em ortográfica rebeldia,
Versos sem metro, sem melodia,
Em nome da amizade, empilhados,
Curtos de um lado, de outro esticados.
Na primeira folhinha encontramos:
Qu'écrirez-vous sur ces tablettes:*
E assinado: *t. à v. Annette*;**
E na última talvez leiamos:
"Quem amar você mais do que eu
Que ponha um verso depois do meu".

XXIX

Sempre há dois corações, muita flor,
Uma tocha e alguém chega ao cúmulo
De deixar uma jura de amor:
Hei de ser fiel até o túmulo.
Ali qualquer bardo militar
Assina uns versinhos de matar.
Num álbum assim, eu confesso,

* Em francês: "O que vai escrever nestas folhinhas?".
** Em francês: (*Tout à vous*) "Inteiramente tua. Annette".

Seria feliz de pôr meu verso,
Seguro e convicto, acima de tudo,
De que minha bobagem impertinente
Merecerá um olhar complacente,
Em vez de julgarem com ar sisudo
E maldade que mal se disfarça,
Se fui capaz de mentir com graça.

XXX

Oh, livros sem rumo e razão,
Filhos da biblioteca do diabo,
Álbuns de pompa e pretensão,
Torturas em rimas, de cabo a rabo,
Que o pincel de Tolstói* milagroso
E a pena de Baratínski talentoso
Enfeitaram, caderno a caderno,
Que Deus os queime todos no inferno!
Se uma linda e deslumbrante dama
Me oferece seu in-quarto** encapado,
Algo me deixa logo arrepiado,
E vem a ideia de um epigrama.
Mas uma voz me diz: só logo mais;
Agora, para elas, madrigais.

XXXI

Não são madrigais que Liênski escreve
No álbum de Olga, com ar sonhador.
Sem efeito fútil e brilho breve,

* Fiódor Petróvitch Tolstói (1783-1875), pintor e escultor. Não confundir com o escritor Liev Tolstói.
** Livro montado em cadernos de quatro folhas.

Sua pena voa e respira amor.
Tudo em Olga, que ele sente e observa,
Liênski anota e assim o preserva.
Uma após outra, nascem elegias,
Fluem num rio que arrasta seus dias.
Assim você, Iazíkov,* famoso,
Com seu coração e ardor, também
Louva e canta só Deus sabe quem.
Mas um dia o conjunto precioso
De sua poesia há de mostrar
Qual seu destino, qual seu lugar.

XXXII

Chega! Não ouvem? O crítico ordena**
Despir a murcha coroa de flores
Das elegias — arte pequena.
E a nossos irmãos rimadores
Grita: "Parem com essa choradeira!
O mesmo coaxar, a vida inteira!
O *passado*, o *outrora*: isso é defunto!
Pelo amor de Deus! Mudem de assunto!".
"Você tem razão e para o punhal
A corneta e a máscara*** nos aponta

* Nikolai Mikháilovitch Iazíkov (1803-47), poeta romântico, famoso por suas elegias.
** Refere-se a Wilhelm Küchelbecker (1797-1846), poeta russo, de família alemã, colega de Púchkin na escola, em Tsárskoie Sieló. Participou da revolta dos decabristas, em 1825, e atentou contra a vida do irmão do tsar. Após dez anos preso, morreu na parte oriental do Império Russo. A estrofe remete a um artigo que Küchelbecker publicou em 1824, condenando as elegias e preconizando a ode.
*** Símbolos da tragédia. Melpômene, a deusa grega da tragé-

E manda reviver, de ponta a ponta,
Das ideias, o morto capital."
"Nada disso! Não entenderam nada!
Escrevam odes, meus camaradas!

XXXIII

Como nos tempos gloriosos,
E na antiguidade, era o normal..."
"Odes somente e versos pomposos?
Ora, meu caro! Não é tudo igual?
Lembra o que disse o satírico?
Acaso, a seu ver, o astuto lírico
Da 'Opinão alheia'* é preferível
A poetas tristes do nosso nível?"
"Mas tudo é irrelevante na elegia;
Seu intuito é vão, chega a dar pena.
A ode é elevada e é serena,
Tem fim nobre..." Aqui, eu bem podia
Discutir, travar uma disputa.
Mas para que pôr dois séculos em luta?

---

dia, era representada com esses três elementos (o punhal, a cor-
neta e a máscara).
* Título de uma sátira, em versos, de Ivan Dmítriev (1760-
-1837), de 1795, em que os autores de odes são ridicularizados.
O "astuto lírico" e o "satírico" são personagens da obra de
Dmítriev.

XXXIV

Sonhando com glória e liberdades,
Liênski até odes escreveria,
No turbilhão de suas vontades.
Mas tais odes Olga não leria.
Acaso ocorre a um triste poeta
Poder ler sua obra predileta
No ouvido de sua amada? É raro.
Dizem que não há prêmio mais caro.
E, de fato, feliz é o amante
Que, humilde, lê seus devaneios
Para o alvo de seus cantos e enleios,
Beldade meiga e cativante.
Feliz... ainda que ela, infelizmente,
Tenha outras ideias em mente.

XXXV

Mas os frutos de meus devaneios,
Da harmonia de notas sutis,
É só para a velha babá que eu leio,
A amiga dos tempos infantis.
Depois de um almoço que me irrita,
Por engano um vizinho me visita.
Pela gola eu o agarro logo
E em versos de tragédia o afogo.
Ou então (agora sem brincadeira),
Se me afligem as rimas e a mágoa,
Eu vago no lago, à beira da água,
E minha voz vibra estrofes inteiras,
Assusto um bando de patos selvagens,
Que ergue voo e foge das margens.

XXXVI

....

XXXVII

E o Oniéguin? Bem lembrado, meus caros!
Peço paciência: o verso me desvia.
Vou descrever do modo mais claro
Seus afazeres, seu dia a dia.
Levava a vida de um eremita.
No verão, seis e pouco (acredita?),
Em roupas leves, rumava a um rio,
Ao pé de um monte, e, cheio de brio,
Cruzava esse Helesponto* a nado,
A exemplo do cantor de *O corsário*.**
Sorvia depois seu café diário,
Folheava um periódico atrasado
E se vestia.................................
....***

XXXVIII

....

* Em grego antigo, nome do estreito de Dardanelos, que liga
o mar Egeu ao mar de Mármara. O local é cenário do mito
grego de Hero (sacerdotisa de Afrodite) e Leandro. Para encontrar sua amada, Leandro cruzava a nado o Helesponto.
** No original, "cantor de Gulnare", heroína do poema "O
corsário", de Lord Byron, que um dia, pelo que diziam, atra-
vessou a nado o estreito de Dardanelos.
*** Embora existam nos manuscritos, os versos foram excluí-
dos, pelo autor, no texto publicado.

XXXIX

Sombra de bosque, riacho, rumor,
Sono fundo, passeios, leituras.
Às vezes o beijo, o frescor
Da moça clara, de íris escuras.
Cavalo veloz que se rende à rédea,
Almoço farto, acima da média,
Vinho bem claro, num garrafão,
Silêncio, retiro, solidão.
Essa era a vida santa e sadia
A que Oniéguin, sem perceber,
Se rendeu, no leviano prazer
Do verão de longos, lindos, dias.
Já esquecera os amigos, a cidade
E o tédio das festas de vaidade.

XL

O verão do norte é caricatura
Do inverno ao sul, todos sabemos.
Termina logo, mal inaugura,
Embora nunca o confessemos.
Já, no céu, o meio-tom do outono,
O sol mais cedo procura o sono,
Os dias encurtam, cor de prata,
E o misterioso abrigo da mata
Despe as folhas com triste rumor.
A neblina paira rente à grama,
Os gansos voam em caravana
Rumo ao sul e gritam. Seu clamor
Anuncia um tempo enfadonho:
Novembro bate à porta, tristonho.

XLI

Na bruma fria nasce a alvorada,
Nos campos o trabalho silencia,
O lobo sai da mata para a estrada,
Com fome de lobo, noite e dia.
O cavalo estradeiro fareja a fera,
Bufa e ao cavaleiro nem espera:
Dispara morro acima a toda brida.
O vaqueiro, na aurora mal nascida,
Não tira as vacas do curral,
Não toca ao meio-dia seu berrante
Para juntar o gado que está distante.
Na isbá,* cantando, virginal,[23]
Moça fia, à luz do tição eterno:
O amigo aceso das noites de inverno.

XLII

Já crepitam as geadas nebulosas.
Os campos de um prateado perfeito...
(O leitor já conta que eu rime *rosas*.
Então pronto: rimei. Satisfeito?)
O regato reluz por trás do gelo,
Mais que um soalho encerado com zelo.
Meninos, sobre o lago gelado,
Riscam os patins para todo lado. [24]
O ganso, com suas patas vermelhas,
Olha para a água e pensa em nadar.
Pisa com medo de escorregar.
Escorrega e cai. Como centelhas,

* Tradicional casa de toras de madeira, típica dos camponeses da Rússia.

Ou estrelas, a primeira neve
Também cai, rodopiando de leve.

XLIII

Em tal clima, nesse fim de mundo,
O que fazer? Talvez um passeio?
Os campos, nesse tempo infecundo,
Têm um tom monótono e feio.
E cavalgar pela estepe agreste?
Mas não há ferradura que preste
E firme as patas no gelo instável;
Uma queda é mais que provável.
Pois fique em casa sozinho. Leia:
Walter Scott,* Pradt** estão aí na mesa.
Não quer? Confira sua despesa,
Se irrite, cante: a noite, longa e alheia,
Bem ou mal, passa, e a manhã também.
Melhor inverno quem é que tem?

XLIV

Oniéguin, Childe Harold em pessoa,
Vai da cama para a gelada banheira.
Passa o tempo pensativo, à toa,
Em casa, a manhã e a tarde inteira.
Sozinho e afogado em contas,
Munido de um taco sem ponta,
Diante de uma mesa de bilhar,
Com duas bolas ele fica a jogar,

* Walter Scott (1771-1832), escritor inglês, famoso por seus romances históricos.
** Dominique Dufour de Pradt (1759-1837), clérigo, político e diplomata francês.

Até que o dia rural anoiteça.
Bilhar largado, taco esquecido,
Junto ao fogo o jantar é servido.
Ele espera que Liênski apareça.
Chega a troica* de cavalos malhados.
Vamos comer! Gritam, esfomeados.

XLV

Moët, Veuve Clicquot,** bendito vinho,
Na fosca e refrescada garrafa,
Trazida à mesa para o vizinho,
O poeta, que ao beber desabafa.
Como Hipocrene,*** o vinho faísca,[25]
Com espuma fina e cor arisca
(Parecido com sei lá o quê),
Deixa-me sempre à sua mercê.
Minhas pobres moedas derradeiras
(Lembram, amigos?), eu sacrificava,
Outrora, ao fluido que enfeitiçava
E me induzia a muitas asneiras,
Desatinos em versos, piadas,
Sonhos, discussões desarvoradas.

XLVI

Mas sua espuma, que chia e crepita,
Com meu estômago é desleal.
Por isso, hoje ele o evita

* A troica é um grupo de três cavalos atrelados, lado a lado,
a algum veículo.
** Tipos de champanhe.
*** Na Grécia, nome de uma nascente de água doce consagra-
da a Apolo e às musas. Tida como fonte de inspiração poética.

E prefere o Bordeaux fraternal.
Ao Aÿ* me tornei intolerante:
O Aÿ se parece com uma amante
Radiosa, volúvel, vivaz,
Caprichosa, vazia, fugaz...
Você, Bordeaux, parece um amigo
Que na desgraça e no desgosto,
Sempre, em toda parte, está disposto
E pronto a nos dar ajuda e abrigo
E compartilhar um lazer ligeiro.
Salve, Bordeaux, fiel companheiro!

XLVII

Extinto o fogo, as cinzas mais finas
Pousam no último ouro da brasa.
O vapor se evola e se ilumina,
No fio de luz que ainda vaza.
Calor, a lareira mal exala.
Na chaminé o fumo deixa a sala.
Sobre a mesa ainda chia uma taça.
A neblina da noite esvoaça...
(Adoro, diante de um vinho amigo,
Uma conversa amena e amistosa,
Nessa hora do dia, duvidosa,
"Entre cão e lobo",** é seu nome antigo;
A razão não sei: é controversa.)
Agora ouçamos sua conversa:

* Champanhe produzido na comuna de Aÿ, no departamento
do Marne, na França.
** Trata-se da transposição para o russo da expressão francesa *"entre chien et loup"*, que designa o crepúsculo. Sugere
que, em tal horário, não se pode distinguir o cão do lobo.

XLVIII

"Então? E as vizinhas? E a Tatiana?
E a sua Olga, a menina travessa?"
"Mais meia taça... Este vinho engana...
Chega... Embora você não apareça,
Mandam lembranças; vão bem de saúde.
Ah, mas que beleza é a juventude!
Como os ombros de Olga ficaram lindos!
E o peito! E a alma!... Do que está rindo?
Vamos lá um dia. Sua falta é sentida.
Sua consciência deve estar pesada.
Foi lá duas vezes. Depois mais nada.
Não deu mais nenhum sinal de vida.
Ah, é mesmo!... Mandaram um convite:
Semana que vem, querem que as visite."

XLIX

"Eu?" "Sim. Aniversário de Tatiana.
Olga e a mãe mandaram convidar.
No sábado da outra semana.
Não há razão para recusar."
"Mas vai ter um monte de gente:
Toda essa plebe, não há quem aguente..."
"Ora, não vai ninguém, eu garanto.
Vai ser só a família, se tanto!
Vamos, aceite, só uma vezinha!
Então?" "Eu vou." "Isto é um companheiro!",
Disse, e drenou um copo inteiro,
Erguendo um brinde à sua vizinha.
E voltou a falar, em seguida,
Sobre Olga: assim é o amor e a vida!

L

Estava alegre: em quinze dias,
A data feliz viria afinal:
A coroa* de amor e alegria,
Os mistérios do leito nupcial
Aguardavam seus doces ardores.
Os percalços do Himeneu, suas dores,
Os bocejos sem fim, todavia,
Isso nem de longe ele previa.
Porém nós, ao Himeneu hostis,
Só vemos, na vida em matrimônio,
Quadros pintados pelo demônio,
Ou de La Fontaine** as cenas pueris...[26]
Meu pobre Liênski para essa vida
Foi talhado no Céu sob medida.

LII

Era amado... ao menos, acreditava.
E nessa crença era feliz.
Feliz quem manda a razão às favas,
Baixa a cabeça ao que a fé lhe diz
E dorme num amoroso torpor.
Como o viajante, ao sol se pôr,
Se embriaga, ou como (seja gentil)
Borboleta pica a flor primaveril.
Pobre de quem prevê e deduz
Tudo, sem abalar o pensamento,

* Como já dissemos, na cerimônia de casamento da Igreja ortodoxa, os noivos são coroados, no altar.
** August Lafontaine (1758-1831), romancista alemão de sucesso na Rússia (não confundir com Jean de La Fontaine, fa-
bulista francês).

Odeia a palavra e o sentimento
Nos maus termos em que os traduz,
E entregou a paixão e a inocência
Às mãos geladas da experiência.

Quinto capítulo

Oh, quem dera não tivesses tais sonhos terríveis,
*minha Svetlana!**

Jukóvski

---

* Ver nota na estrofe v, do terceiro capítulo.

I

O outono não queria ir embora,
Acampou no pátio e no celeiro.
A natureza estranhou a demora:
A neve só caiu em janeiro,
Na madrugada do dia três.
Tatiana acordou cedo outra vez.
Pela janela viu tudo branco,
Telhados, muros, a cerca, o banco.
Nos vidros, desenhos de gelo;
Nas árvores, o inverno de prata.
Gritam alegres gralhas na mata.
Cobertas de grisalhos cabelos,
As colinas reluzem de leve,
No brilho branco e claro da neve.

II

Inverno!... O camponês em festa
Estreia a estrada em seu trenó.
À neve o cavalo tateia e testa,
E acelera o trote um pouco só.
Rompendo sulcos no veludo branco,

A *kibitka** se afasta aos solavancos.
O cocheiro seu casaco inaugura,
Com a faixa vermelha na cintura.
Puxando seu trenó de brinquedo,
Em que um cachorro é o cocheiro
E ele mesmo é o cavalo ligeiro,
Um menino já congelou um dedo.
Ele sente dor e acha graça,
Mas a mãe na janela o ameaça.

III

Tal cena talvez, em sua crueza,
Pareça ao leitor irrelevância,
A mera cópia da natureza;
Pouco oferece em graça e elegância.
Outro poeta mais requintado,**
Pelo deus da inspiração tocado,
Já nos pintou a primeira neve
E a festa do inverno em tom mais leve.[27]
Garanto que ele encanta os leitores,
Ao contar em versos calorosos
Passeios de trenó misteriosos.
Mas não quero briga ou dissabores
Com ele ou com você, cantor
Da jovem finlandesa*** e do amor.[28]

* Carroça ou trenó coberto.
** Trata-se de Piotr Andréievitch Viázemski (1792-1878) e do seu poema "A primeira neve" (1819).
*** Trata-se do poema "Eda" (1826), de Baratínski.

IV

Tatiana (russa de corpo e alma;
A razão, ela mesma ignora)
Amava a beleza fria e calma
Desse inverno, que a outros apavora:
No ar gélido, a luz do sol na geada,
O resplendor da neve rosada,
Na alvorada que sobe tardia,
E a bruma na tarde da Epifania.*
Seguindo o costume seguro,
Na casa, celebravam o dia santo.
Criadas, ao ar livre, em todo canto,
Liam para as meninas o futuro.
Todo ano previam casamentos,
Soldados, guerras, acampamentos.

V

Tatiana levava muito a sério
As simples tradições populares.
Sonhos, cartas — isso era um mistério,
Bem como as profecias lunares.
Em tudo ela enxergava um sinal.
Qualquer coisa, mesmo a mais banal,
Vaticinava algo, de algum jeito,
E a suspeita apertava seu peito.
Na estufa um gatinho ronrona,
Limpa o focinho com a pata aflita.
Isso é um aviso: vai vir visita.

* Ou dia do batismo, ou Dia de Reis. Na Igreja ortodoxa russa, é celebrado no dia 6 de janeiro do calendário juliano, que
corresponde, atualmente, ao 19 de janeiro, no calendário gre-
goriano.

No céu, à esquerda, a lua estaciona,
Com dois chifres, num arco minguante:
Quando Tânia a vê, no mesmo instante,

VI

Se assusta e pressente algum apuro.
Quando avista uma estrela cadente
Riscar ligeira o céu escuro
E desaparecer de repente,
Tânia, enquanto a estrela ainda fulgura,
Se apressa, ansiosa, e logo murmura
Um desejo que no peito se oculta.
Quando a figura de um monge avulta
E cruza abrupta seu caminho,
Ou uma lebre corre entre os canteiros,
Rente a seus pés, em passos ligeiros,
Um pressentimento, como um espinho,
A envenena de amargos temores
De confusas desgraças e dores.

VII

Mas no próprio pavor Tânia prova
Um prazer secreto. A natureza
Nos fez assim e assim nos renova,
Na contradição e na estranheza.
Começam as festas de Natal.
Faz frio, e a alegria é geral.
Os jovens, cuja vida infinita
Projeta promessas que excitam,
Leem a sorte sem preocupação.
Os velhos também leem sua sorte,
Por trás dos óculos, perto da morte:

Tudo acabado, sem apelação.
Ainda assim, mentiras da esperança
Soam para eles com voz de criança.

VIII

Tânia observa na água, curiosa,
Os pingos de cera derretida
Formarem figuras misteriosas:
Presságios dos mistérios da vida.
Na água de um prato, seus anéis
As moças sorteiam: são fiéis
Avisos. Sai o anel de Tatiana,
Ao som da canção, que não engana:
"Os mujiques de lá têm riqueza,
Eles nadam na prata e no ouro.
Quem nos ouve achará um tesouro
E a ventura!". Mas a tristeza
Da melodia augura a desgraça.
"Gatinho", [29] para as moças, tem mais graça.*

IX

Noite gelada, céu radiante.
Todo o coro dos astros divinos
Flui num rio de luzes distantes...
Tatiana sai, num vestido fino,

---

* Esta estrofe se refere a formas de adivinhar o futuro. A cera
derretida formava figuras na água, imagens que indicavam o futuro. Além disso, as moças colocavam seus anéis no prato com
água e, depois, sorteavam um a um, enquanto entoavam pequenas canções. A canção do "Gatinho" previa um casamento.
A outra, sorteada para Tatiana, previa morte e desgraça.

E volta um espelho para a lua.*
A imagem que ela almeja, só sua,
Não surge: só a mesma lua tristonha,
No vidro escuro, treme, enfadonha...
Tique... A neve estala... um homem passa...
Na ponta dos pés, a jovem salta
Até ele, e, mais doce que a flauta,
Sua voz pergunta, com muita graça:[30]
Qual o seu nome? Ele se espanta, um pouco,
E responde: *"Agafon"***, num som rouco.

X

Sob a inspiração da babá, Tânia,
À noite, quis fazer bruxarias.
Mandou pôr sobre a mesa da *bánia****
Talheres, dois pratos: quem viria?
Mas o temor dominou Tatiana...
E também eu, pensando em Svetlana,****
Tenho medo. Portanto, e por isso,
Não vamos aqui fazer feitiço.

* Esta estrofe apresenta formas tradicionais de adivinhar como
será o marido e qual seu nome: volta-se o espelho para a lua,
mas, em vez da lua, surgirá o rosto do futuro marido; pergunta-
-se, ao primeiro homem que passar, qual o seu nome, e este será
o nome do marido.
** Trata-se de um nome popular, típico de camponeses, que
apreciavam nomes de origem grega.
*** Construção de madeira, contígua à casa, usada como sauna e local de banho, porém associada a muitos costumes e
tradições, além de ser um local de convívio.
**** A personagem do poema "Svetlana", de Jukóvski, men-
cionada na estrofe v do terceiro capítulo, também faz adivi-
nhações encantatórias.

Tatiana tirou seu cinto vermelho,*
Despiu-se e deitou-se na cama.
Lel** voa: o protetor de quem ama.
Sob o travesseiro repousa um espelho.
O quarto inteiro, quieto, emudece.
Minha Tatiana enfim adormece.

XI

Tem um sonho cheio de segredo:
Parece caminhar numa campina
Coberta de neve, num clima de medo,
Sob o assédio de triste neblina.
Entre os montes de neve, à sua frente,
Borbulha e troveja uma torrente
De água turva, grisalha, prateada,
Que nem no inverno foi congelada.
Mas o gelo uniu dois longos galhos
Sobre a corrente trovejante,
Formando uma ponte cambaleante.
Diante do abismo, sem outro atalho,
Tolhida por dúvida e espanto,
Tatiana para, por enquanto.

XII

Contra o rio murmura um lamento,
Pois ele impõe a separação.

---

* Segundo a tradição, tal cinto era uma proteção contra forças malignas. Retirá-lo indica a intenção de enfrentá-las.
** Divindade do amor, com variantes em diversos povos eslavos. Pôr o espelho sob o travesseiro é um recurso para entender o que os sonhos preveem.

Do outro lado, nesse momento,
Não há ninguém que lhe estenda a mão.
De repente, a neve se levanta
E por baixo dela se agiganta
Um urso de pelo desgrenhado.
Ela: *Ah!* E ele ruge enfezado.
Ergue a pata de garras pontudas
Para ela, que se encolhe e se esconde
Atrás da mão: fugir para onde?
Trôpega e sem nenhuma ajuda,
Cruza o rio. Mas lá não descansa,
Pois logo atrás vê que o urso avança!

XIII

Agora a virar-se ela nem se atreve,
Aperta o passo o mais que consegue.
Mas é impossível fugir na neve
Do sabujo peludo que a segue.
Bufando, o urso avança, horrível.
À frente dela, um bosque impassível:
Pinheiros de beleza sisuda.
Sobre os ramos a neve felpuda
Pende em farrapos. Por entre galhos,
Sem folhas, de bétulas e tílias,
O raio das estrelas cintila.
Não há caminhos, trilhas, atalhos:
É a devastação da nevasca,
Varrida nos ventos da borrasca.

XIV

No bosque, o urso busca alcançá-la.
Com neve no joelho, Tânia manca.

Ora um ramo no pescoço resvala,
Rebate e um brinco da orelha arranca.
Na neve fofa, o pé delicado
Atola e o sapatinho molhado
Descola do pé. O xale se solta
Na correria, mas ela não volta.
O tempo é curto e grande é o medo:
Ouve o urso e seus passos mais perto.
Mas ela, na fuga, em rumo incerto,
Tem vergonha de erguer sequer um dedo
Da aba da saia para correr melhor.
Já lhe faltam forças: receia o pior.

XV

Cai na neve e o urso, com presteza,
A toma nos braços e se vira.
Quase sem sentidos e indefesa,
Ela não se mexe, mal respira.
O urso a carrega pelo mato.
Só árvores em volta, de fato,
Mas surge um casebre no deserto,
Todo branco e de neve coberto.
Lá dentro, barulho, gritos roucos.
Luz na janela, num quadradinho.
O urso diz: *"Lá está meu padrinho.
Vá se aquecer com ele um pouco"*.
Leva Tânia bem perto da porta
E a põe na soleira, como morta.

XVI

Junto à entrada, ela volta à vida.
O urso se foi. Um falatório

Lá dentro: som de copos, comida.
Parece o banquete de um velório.*
Sem entender o que é a festa,
Ela espia através de uma fresta,
E o que vê?... À mesa, bem sentados,
Monstros falantes, alvoroçados.
Um tem chifres e cara de cão,
Outro, uma crista de galo sacode.
Uma bruxa tem barba de bode,
Sai um rabo das costas de um anão.
Há um meio gato e meio cegonha,
Há um esqueleto sem vergonha

XVII

E outras aberrações mais sinistras:
Uma lagosta montada na aranha,
Um crânio em gorro de listras
No pescoço de um ganso se assanha.
Um moinho de cócoras dança,**
Rodopia as pás e não se cansa.
Uivos, silvos, palmas e estalos,
Rumor humano, patear de cavalos![31]
Mas para Tânia que surpresa inglória
Ao descobrir, entre os comensais,
Quem ela amava e temia mais:
O próprio herói da nossa história!
Oniéguin está à mesa de ar altivo
E lança à porta um olhar furtivo.

* Era costume servir alguma refeição em memória ao morto, após o enterro.
** Trata-se da famosa dança popular russa, executada de joelhos dobrados, até próximo ao chão.

XVIII

Ele acena: todos entram em ação;
Se bebe, brindam e o enaltecem;
Se ri, todos riem, numa explosão;
Franze a testa: todos emudecem.
Ele é quem manda, não há segredo.
E ela já não sente tanto medo.
Curiosa agora, sorrateira,
Abre a porta só um pouco, só a beira...
O vento sopra de surpresa,
Apaga as chamas dos castiçais.
Inquietam-se os monstros boçais.
Oniéguin levanta, atrás da mesa.
Todos levantam, quando ele brada,
Olhos em brasa, e ruma à entrada.

XIX

Tatiana vai do medo ao pavor.
Pensa em correr, num esforço aflito:
Os pés pesam num forte torpor.
Na amarga ânsia, quer dar um grito.
Evguiêni puxa a porta para trás
E, aos olhos dos seres infernais,
Surge a moça: ruge um riso atroz.
Os olhares da massa feroz,
Trombas torcidas, rabos peludos,
Cascos em bico, dentes em serra,
Línguas de sangue, braços de guerra,
Chifres em pontas e dedos ossudos,
Tudo aponta para a nossa mocinha,
E todos gritam: é minha, é minha!

XX

Minha! Mais alto, Evguiêni ameaça.
O bando foge e busca abrigo.
No ar gelado, sob a luz escassa,
Se veem a sós, ela e seu amigo.
Oniéguin então atrai com cuidado[32]
Tânia para um canto afastado,
Recosta a moça num banco instável
E a própria cabeça encosta, amável,
No ombro dela. Entra alguém de surpresa:
Olga e Liênski, e a sala se ilumina.
Contrariado, Evguiêni os fulmina
Com os olhos: duas feras presas.
Maldiz a visita intempestiva.
Tânia tomba, mais morta que viva.

XXI

A discussão se acirra, mais tensa.
De pronto, Oniéguin ergue um punhal.
Liênski vai ao chão. A sombra densa
Desce na sala. Um grito infernal
À casa abala e dela transborda.
Em susto e horror, Tatiana acorda.
Vê o quarto claro e, no vidro baço
Da janela com gelo, vê o traço
Da luz da aurora que se avizinha.
A porta se abre e Olga, animada,
Mais rosa que o rosto da alvorada,
Voa mais leve que uma andorinha,
Pousa a seu lado e lhe diz: "Me diga:
Com quem você sonhou, minha amiga?".

XXII

Mas ela nem liga para a irmã.
Deitada, num livro se concentra,
Vira a página, à luz da manhã,
Nada diz e lê muito atenta.
Mas tal livro não mostra lições,
Sábias verdades ou descrições.
Nem doce devaneio ou idílio,
Nem Racine, Sêneca ou Virgílio,
Nem Scott, Byron ou a Revista
Da Moda Feminina foi lida,
Jamais, com atenção tão sentida.
Martin Zadek[33] é quem a conquista,*
Mestre caldeu, adivinho e mago,
Que explica os sonhos, mesmo o mais vago.

XXIII

De onde veio esse livro profundo?
Um mascate passou na fazenda
De Tânia, isolada do mundo,
E por fim negociou sua venda
Mais um tomo avulso de *Malvina*,**
Por três rublos e meio. A menina
Lhe deu, de quebra, uma Gramática,
Duas *Petríadas*,*** bem didáticas,

---

* Martin Zadek é um nome fictício usado na Europa do século XVIII para assinar um livro divinatório, traduzido do alemão para o russo no início do século XIX, com o nome do autor alterado para Martin Zadieka.
** Romance francês de Sophie Cotin (1770-1807), publicado em 1800, em vários volumes.
*** Com esse título, há um poema de A. N. Gruzíntsev (1779-

Contos populares em coletânea
E de Marmontel* só um volume.
Zadek, com o tempo e o costume,
Tornou-se o predileto de Tânia...
Nas dores traz conforto certeiro;
Dorme com ela, sob o travesseiro.

XXIV

No fundo o sonho a inquieta e aflige;
Tânia tenta entendê-lo em vão.
O pesadelo impõe e exige
Que ela encontre uma explicação.
No índice, em ordem alfabética,
As palavras, numa lista eclética,
Ela busca: anão, floresta, frio,
Lagosta, nevasca, ponte, rio,
Urso etc. O que augura
Seu sonho, Zadek não responde.
Mas é certo que nele se esconde
O presságio de uma desventura.
Dias depois, com a mente à deriva,
Tânia continua apreensiva.

-1840?), "Petríada, poema épico em dez cantos" (1817). Porém, no trecho, Púchkin talvez se refira às obras que, no mesmo espírito, enalteciam os feitos de Pedro, o Grande.
* Jean-François Marmontel (1723-1899). Nos rascunhos, Púchkin especifica que se trata do terceiro volume das obras do escritor francês, que abrange os *Contos morais*. Os livros entregues por Tatiana eram tidos como antiquados, na época.

XXV

Porém a aurora, com a mão rosada,[34]
Traz junto com o sol, atrás de si,
Dos vales fundos da madrugada,
Seu aniversário, e o dia sorri.
Desde bem cedo chegam visitas,
Enchem a casa de roupas bonitas,
Famílias inteiras de uma vez só,
De charrete, coche ou de trenó.
Na entrada, aperto, aglomeração.
Na sala, gente nova se apresenta.
Beijinhos: moças se cumprimentam;
Latidos, roçar de pés no chão,
Risos, velhos casos e lembranças,
Gritos de babá, choro de crianças.

XXVI

Chega Pustiakov,* bem volumoso,
E a esposa de peso incalculável;
Gvózdin, proprietário escrupuloso
De muito mujique miserável.
Os Skotínin e sua filharada,
Que na idade forma uma escada,
Desde os dois até os trinta anos.

* Esta estrofe usa nomes de efeito cômico. Pustiakov vem da palavra russa *pustiak* ("tolice", "absurdo"); Gvózdin, da palavra *gvozd* ("prego"); Skotínin, da palavra *skotina* ("gado"); Petúchkov, da palavra *petukh* ("galo"); Buiánov, da palavra *buian* ("desordeiro"). Este nome já havia aparecido no poema satírico "O vizinho perigoso", de Vassíli Lvóvitch Púchkin (1770-1830), tio de Púchkin. Por isso, ele chama Buiánov de seu primo.

172   ALEKSANDR PÚCHKIN

Petúchkov, um dândi provinciano,
Buiánov, meu primo em grau primeiro,
Gola de pelo e gorro com pala[35]
(Vocês já o viram em outra sala),
Fliánov, aposentado conselheiro,
Palhaço, trapaceiro, falsário,
Glutão, gatuno, estelionatário.

XXVII

A família de Panfil Kharlikóv
Trouxe o engraçado monsieur Triquet,
Recém-chegado lá de Tambóv,*
De peruca ruiva e pincenê.
Como bom francês, que não se engana,
Trouxe um *couplet*** para Tatiana,
Com as notas da canção infantil
Reveillez-vous, belle endormie.***
Num livro de velhas melodias
Estava impresso esse *couplet.*
Poeta precavido, Triquet
Ergueu-o das cinzas, à luz do dia.
No entanto, em vez de *belle Nina,*
Ousou pôr *belle Tatiana.****

* Cidade a sudoeste de Moscou, para onde foram levados mui-
tos franceses, após a derrota de Napoleão em 1812.
** Originalmente, significava um dístico (dois versos rima-
dos). Aqui, designa estrofe de uma canção, segundo a tradição
francesa.
*** Em francês: "Desperte, bela adormecida".
**** Devemos, aqui, ler os dois nomes na pronúncia francesa:
"Niná" e "Tatianá".

XXVIII

Veio, de um vilarejo vizinho,
O comandante do batalhão;
Das mães da província, o queridinho,
Das damas maduras, a paixão.
Que notícia ele veio nos dar!
Teremos a banda militar!
Foi ordem do próprio comandante:
Vamos ter uma festa dançante!
Moças dão pulinhos de alegria.[36]
Mesa posta: braços dados, os pares
Vão à mesa e tomam seus lugares.
Junto a Tânia, as moças em euforia;
Homens em frente fazem uma prece,
Sentam-se à mesa: é o que os apetece.

XXIX

Num instante, as conversas se calam.
Bocas mastigam em mudo coral.
Pratos, copos, talheres estalam,
Tilintam as taças de cristal.
Porém, aos poucos, os comensais
Retomam preocupações gerais.
Ninguém se escuta, mas esbravejam,
Gargalham, roncam, chiam, gracejam.
Com ruído, a porta abre de surpresa.
Entram Liênski e Oniéguin. "Finalmente!",
Exclama Lárina bem contente.
Os convivas abrem espaço à mesa,
Cadeiras já mudam de lugar,
Chamam os dois para se acomodar.

XXX

Diante deles, Tânia está sentada,
Mais pálida que a lua da manhã,
Mais trêmula que corça acuada,
Com olhos turvos num estranho afã,
Nem se levanta e por dentro arde
Num fogo violento. Mas já é tarde:
Ela sufoca e nem ouve depois
Os parabéns que lhe dão os dois.
Lágrimas já pendem nas pestanas;
Está prestes a desmaiar no chão.
Entretanto, a vontade e a razão
Vencem, e, entre os lábios, Tatiana
Duas palavras sopra, a muito custo,
Pregada à cadeira com o susto.

XXXI

Há tempo, Evguiêni não aguenta
Cenas trágicas de histeria;
Desmaios, lágrimas lamurientas,
Tudo isso há muito o enfastia.
Deslocado na festa imensa,
Se irrita. E ao notar a face tensa
De Tânia e sua comoção,
De enfado, baixa os olhos para o chão.
Indignado, o amigo ele deplora,
Jura levar Liênski à loucura,
Vingar-se com a raiva mais escura.
E de antemão já comemora.
Faz caricaturas, mentalmente,
De cada visita ali presente.

XXXII

Não é só ele que pode ver
Em Tânia o amargo constrangimento.
Mas o empadão possui o poder
De atrair o olhar e o pensamento.
(Pena que ficou muito salgado.)
Na mesa, entre o *blanc-mange** e o assado,
Já plantam uma garrafa de espumante,
Com rolha de piche de Tsimiliánsk**
E cálices cuja silhueta
Me lembram sua cintura querida,
Zizi,*** ah, cristal da minha vida,
Ânfora do amor, doce ampulheta,
Tema de meus versos inocentes,
De quem me embriaguei loucamente.

XXXIII

Livre da rolha que a estrangula,
A garrafa bufa e ferve o vinho.
Triquet, solene, se ergue e simula
Ter sofrido para criar seus versinhos.
Na plateia em volta, num segundo,
Desce um silêncio atento e profundo.
Tatiana quer se enterrar no chão;
Diante dela, com um papel na mão,
Triquet canta e desafina. Palmas,
Gritos de "bravo". Ela, sem saída,

---

* Doce semelhante ao manjar branco.
** Cidade na Rússia, na *óblast* (região) de Rostóv.
*** Apelido de Evpráksia Vulf, uma das filhas do casal Óssi-pov, que residia próximo de Mikháilovskoie, propriedade da família de Púchkin, onde o poeta viveu entre 1824 e 1826.

Lhe faz reverência, constrangida.
O poeta humilde, porém, com alma,
Brinda a Tânia, antes de toda a gente,
E lhe dá seu *couplet* de presente.

XXIV

Os parabéns agora se seguem;
A todos Tatiana agradece.
Quando enfim chega a vez de Oniéguin,
O embaraço da moça transparece.
Seu cansaço e a desolação
Despertam nele uma compaixão.
Com a cabeça ele a saúda, mudo.
Em seus olhos se entrevê, contudo,
Incrível ternura. Fosse verdade,
Houvesse nele emoção bastante,
Fosse mero costume galante,
Complacência ou sinceridade,
Fato é que a ternura respirou
E o coração de Tânia animou.

XXXV

Um trovão de cadeiras arrastadas,
E o bando voa para a outra sala —
Enxame de abelhas esfomeadas
Rumo ao perfume que a flor exala.
Saciado com a comida e com o vinho,
Vizinho suspira para o vizinho.
Damas sentam-se junto à lareira;
Por trás moças murmuram, brejeiras.
As mesas verdes, prontas, vazias
Convidam os jogadores, que adoram

O *boston* e o *ombre* de outrora
E o uíste, preferido hoje em dia:
Família infeliz, do dois ao ás,
Todos filhos do tédio voraz.

XXXVI

Entram em confronto os heróis do uíste.
Oito vezes, trocam de lugar,*
Oito rodadas, eles resistem,
Até que, afinal, trazem o chá.
Adoro saber que horas são,
Conforme é servida a refeição:
O almoço, o chá, a janta amiga.
No campo, o relógio está na barriga.
Entre parênteses, aliás,
Noto que minhas pobres estrofes
São ricas em fartos rega-bofes,
Pratos gordos, rolhas, comensais.
Como em você, Homero adorado,
Há três mil anos sempre imitado!

XXXVII, XXXVIII

....

XXXIX

Servem o chá cerimonioso.
Pires na mão, as moças se exaltam:
Da porta do salão espaçoso,

* A troca de lugar fazia parte do jogo.

Vem o som do fagote e da flauta.
Petúchka, o Páris* da redondeza,
Se empolga com aquela surpresa.
Deixa a xícara de rum com chá,
Convida Olga para dançar.
Liênski chama Tânia; a Kharlikova
É o Triquet de Tambóv quem procura:
Para noiva, está bem mais que madura.
A Buiánov coube Pustiakova,
E acudiram ao salão num furor:
Rebrilha o baile em pleno esplendor.

XL

Neste romance, lá no começo
(Podem ver, no primeiro caderno),
Quis pintar um baile com o apreço
Do pincel de Albani,** pintor eterno.
Mas, distraído por sonhos vazios,
Levou-me a memória, em seus desvios,
Aos pezinhos de damas tão ágeis
Que, ao seguir suas pegadas frágeis,
Qualquer pessoa acaba perdida!
Traído por minha mocidade,
Já é hora de ganhar sagacidade,
Corrigir-me na escrita e na vida
E deste caderno número cinco
Expurgar digressões com afinco.

* Na mitologia grega, filho do rei de Troia e raptor de Helena, esposa do rei de Esparta. O fato é a origem da guerra de Troia. Páris simboliza o homem sedutor.
** Francesco Albani (1578-1660), pintor italiano.

XLI

A valsa, louca e repetitiva,
Como a juventude, numa enxurrada,
Roda sua torrente obsessiva,
Seguem-se os pares em disparada.
Oniéguin já sorri em segredo,
Pois a vingança virá mais cedo.
Vai até Olga, e bem ligeiro
Já valsam dama e cavalheiro.
Sentam, logo depois, lado a lado.
Evguiêni conversa, puxa assunto,
Dois minutos depois, os dois juntos
Voltam à valsa, um par formado.
O espanto é geral. Liênski nem crê
Naquilo que ele mesmo vê.

XLII

Explode a mazurca. Antigamente,
Quando ela irrompia no salão,
Tudo em volta tremia de repente,
Estalavam os tacos do chão,
Na parede trepidavam molduras.
Hoje não: nós todos, almas puras,
Rastejamos no piso laqueado.
Mas só na cidade; no outro lado,
No campo, a mazurca ainda mantém
Suas belezas originais.
Passos e pulinhos são iguais,
Como os bigodes. Pois ninguém,
Nem a moda, o jugo da juventude,
Tem forças para que isso mude.

XLIII

....

XLIV

Buiánov, o meu primo fogoso,
Levou Oniéguin às duas irmãs.
Entre as duas, nosso herói airoso
Escolheu Olga, sem grande afã.
Desliza com ela, displicente,
Lhe sussurra carinhosamente
No ouvido algum madrigal vulgar,
E aperta sua mão... Põe-se a queimar,
No rosto de Olga, o amor-próprio em brasa,
Quase em fogo. E o meu Liênski vê tudo,
Vermelho, transtornado e mudo,
Na afronta do ciúme que o arrasa.
Quando a mazurca por fim termina,
Para o cotilhão convida a menina.

XLV

Mas Olga não pode. O quê? Não pode?
Essa dança ela já prometeu
A Evguiêni. E em Liênski algo explode
Por dentro. Como assim, meu Deus?...
Será possível? Quase uma criança,
Ainda, e já trai minha confiança!
Já domina a arte do engano,
Da traição: coração leviano!
A tal golpe Liênski não resiste.
Maldiz a inconstância feminina.
Sai. Segura o cavalo, que empina.

Monta e parte num galope triste.
Duas pistolas, balas, mais nada.
Pronto: sua sorte está selada.

Sexto capítulo

La, sotto i giorni nubilosi e brevi,
Nasce una gente a cui l'morir non dole.
Petr.*

---

* Em italiano: "Lá, sob dias nebulosos e breves,/ Nasce uma gente para quem morrer não é penoso". Versos extraídos da canção XXVIII, de Francesco Petrarca (1304-74), poeta italiano. Porém Púchkin subtraiu um verso presente entre estes dois: "Por natureza, inimiga da paz".

I

Ao notar que Liênski foi embora,
Oniéguin satisfaz-se com a vingança.
Porém de novo o tédio o devora,
Calado, a conversa não avança.
Olga, a seu lado, também boceja:
Achar Liênski com o olhar deseja.
O cotilhão parece não ter fim,
E a aflige como um sonho ruim.
Mas termina, e o jantar é servido.
Preparam leitos para os convidados:
Do vestíbulo à ala dos criados,
Travesseiros, lençóis estendidos.
Reina o sono e ninguém quer sair.
Só Oniéguin vai para casa dormir.

II

Tudo em volta se acalma e se cala.
Pustiakov, com a esposa pesada,
Arrasta o lento ronco na sala.
Em cadeiras, de forma improvisada,
Dormem Petúchkov, Gvózdin, Buiánov,
Bem como, um pouco ébrio, Fliánov.

Já monsieur Triquet dorme no chão,
De touca velha e camisolão.
As moças, nos quartos de Tatiana
E Olga, sonham nos braços do sono.
Triste, à janela, em seu abandono,
Sob a luz dos raios de Diana,
A pobre Tânia olha para fora,
Para o escuro: o sono foi embora.

III

Marcou fundo a alma de Tânia
A vinda de Oniéguin, inesperada;
Nos olhos, a ternura momentânea
E com Olga a conduta inusitada.
Em vão Tatiana tenta entendê-lo.
A mão do ciúme, com dedos de gelo,
Ferrenha, aperta seu coração,
E a angústia não traz explicação.
Um abismo escuro, e pior ainda,
Parece, a seus pés, trovejar atroz.
"É o fim", diz Tânia num fio de voz.
"Mas, se vem dele, a morte é bem-vinda.
Não me queixo. De que adiantaria?
Não pode ele me dar alegria."

IV

Em frente, adiante, minha história!
Um novo personagem não demora.
A cinco verstas* de Krasnagórie,
(A propriedade de Liênski) mora,
Até hoje, no gozo da razão,

* Uma versta equivale a 1,067 quilômetro.

Em filosófica solidão,
Zariétski, antigo desordeiro,
Rei dos carteadores sem dinheiro,
Astro e tribuno das tavernas.
Mas hoje ele sabe se comportar,
É pai de família, sem casar,
Sua fazenda pacata governa,
E até prima pela honestidade.
Assim progride a humanidade!

V

No passado, vozes lisonjeiras,
Mundanas, louvavam o rapaz
Por proezas vãs e rasteiras.
De fato, a cinco *sájen*,* num ás,
Acertava sua bala sem falha.
E algum dia até, em batalha,
Destacou-se com um brio maluco:
Caiu de seu cavalo calmuco**
Por causa da embriaguez. Foi preso
Por franceses: troféu precioso!
Novo Régulo,*** da honra cioso,
Suportaria dos grilhões o peso,
Para sorver três garrafas fiado,
Todo dia, no Véry[37] afamado. ****

* Um *sájen* equivale a 2,13 metros.
** Referente ao povo calmuco, de origem mongólica, que hoje habita a Rússia, a China e a Mongólia.
*** Em latim, Marcus Atilius Regulus, cônsul romano duas vezes, morto por volta de 250 a.C. Feito prisioneiro pelos cartagineses, na primeira Guerra Púnica, foi transformado num mito de honra e resistência por historiadores romanos.
**** Véry era o nome de um famoso restaurante parisiense, próximo ao Palais Royal.

VI

No passado ele pregava peças,
Enganava o tolo e o inteligente
Com artifícios e falsas promessas,
Às escondidas ou abertamente.
Se bem que uma ou outra brincadeira
Redundava em punição certeira,
E às vezes ele mesmo se enredava,
Como um bobo, nas voltas que dava.
Bem sabia travar discussão,
Replicar com espírito ou grossura,
Calar-se por fria conjectura,
Por cálculo, brigar sem razão,
Atiçar o ódio entre amigos,
Até o duelo, em mortal perigo,

VII

Ou forçá-los a fazer as pazes,
Almoçar com eles e, em seguida,
Difamar pelas costas os rapazes,
Com chiste ou mentira divertida.
Sed alia tempora!* A ousadia,
Como os sonhos de amor, algum dia
Passa, a exemplo da mocidade.
Hoje, ao abrigo da tempestade,
À sombra da cerejeira e da acácia,
Zariétski leva a vida de um sábio,
Como já escapou do meu lábio.
Cultiva suas couves, como Horácio,**

* Em latim: "Mas os tempos são outros, os tempos mudaram".
** Em latim, Quintus Horatius Flaccus (65-8 a.C.), poeta romano. Entre seus temas, estavam o *carpe diem* (aproveitar os

Cria patos, gansos e gansas,
E ensina o alfabeto às crianças.

VIII

Não era tolo; e se Oniéguin, de fato,
Desprezava seu caráter vão,
Gostava de seu juízo sensato,
Da palavra fria da razão.
Ele e Zariétski às vezes se viam.
Não foi surpresa então, nesse dia,
Receber de manhã sua visita.
Saudações e outras palavras ditas,
Zariétski se cala de repente.
Mira Evguiêni, e algo no olhar
Sorri sorrateiro, sem se mostrar:
Só lhe entrega um papel, displicente.
Mudo, Evguiêni lê, junto à janela,
O que o bilhete de Liênski revela.

IX

Era um nobre e afável desafio,
Sucinto, franco e até singelo,
Cortês, mas acintosamente frio:
Chamava o amigo para um duelo.
Oniéguin, num primeiro impulso,
Vira-se brusco e, com olhar convulso,
Para não gastar palavras em vão,
Diz que está *sempre à disposição.*

---

dias que passam) e o *fugere urbem* (trocar a agitação da cidade pela vida pacata do campo).

Zariétski, sem esticar o assunto,
Se ergue, diz que está muito ocupado
E se vai sem dizer obrigado.
Evguiêni, então, não demora muito,
Sente, a sós com seus pensamentos,
Consigo, amargo descontentamento.

X

E tal sentimento é merecido:
No tribunal da consciência,
Ele é réu confesso, e não remido.
Não tinha direito à insolência
De zombar da afeição e ternura,
E com mais desdém por ser mais pura.
E se um poeta, aos dezoito anos,
Se deixa levar por tais enganos,
É perdoável. Como amava o amigo
De verdade, Evguiêni é que devia
Mostrar que seu coração não servia
De palco para um preconceito antigo,
E que, em vez de um menino brigão,
Era um homem com honra e razão.

XI

Poderia expor os sentimentos,
Em vez de se eriçar como fera,
E desarmar o arrebatamento
De um coração jovem. "Mas quem dera!
Agora é tarde, passou da hora...
Além do mais, se meteu na história
Um velho, experiente duelista,
Pérfido, intrigante, oportunista...

Claro, palavras que só enganam
Não merecem mais que o desdém.
As intrigas, os risos, porém..."
A opinião pública é tirana![38]
Nossa deusa da honra e da ira,
Eixo no qual nosso mundo gira!

XII

Fervendo com hostil impaciência,
Em casa, Liênski espera a resposta.
O vizinho, com grandiloquência,
Chega e diz que está aceita a proposta.
Para o ciumento, é um momento festivo:
Temia que o debochado esquivo
Respondesse com qualquer gracejo,
Um pretexto que lhe desse o ensejo
De o peito esquivar de sua bala.
Acabou-se a dúvida: ao moinho,
Amanhã, os dois, com seus padrinhos,
Irão quando a luz da aurora estala.
Vão escolher a coxa ou a testa*
E apontar a pistola funesta.

XIII

Decidido a amargar o fel
Do seu rancor, Liênski não queria,
Antes do duelo, ver a infiel.
Mas olha o relógio: é um belo dia.
Logo desanima, esmorece,

* A escolha é feita em função do desejo de matar ou de apenas
satisfazer a honra.

E à casa das vizinhas comparece.
Pensou que ia ver Olga aflita,
Transtornada com sua visita.
Nada disso: nenhuma mudança.
Mal avistou Liênski, Olga de pronto
Voou da varanda a seu encontro,
Retrato da frívola esperança.
Despreocupada, alegre, travessa,
Sempre a mesma, o que quer que aconteça.

XIV

"Por que, ontem, foi embora tão cedo?",
Pergunta Olga, antes de mais nada.
Com emoções confusas, em segredo,
Liênski baixa a fronte encabulada.
Sumiram o ciúme e o rancor,
Diante do olhar de tanto candor,
Diante da meiga simplicidade,
Diante da doce vivacidade!...
Ele olha, mudo e enternecido,
Ele entende que ainda é amado.
Pensa em perdão e em ser perdoado,
Aflito e, a fundo, arrependido.
Não encontra palavras, estremece.
Está feliz: nem se reconhece.

XV, XVI

....

XVII

Diante de sua Olga, tão doce,
Ele afunda em tristes pensamentos,

Sem coragem, por pouco que fosse,
De censurar-lhe o comportamento.
Liênski pensa: "Sou o seu salvador;
Não vou tolerar que um sedutor,
Num fogo de lisonja e mesura,
Corrompa uma jovem de alma pura;
Que um verme peçonhento e vil
Corroa o ramo desse lilás;
Que uma flor de dois dias atrás
Murche quando ainda mal se abriu".
Ou noutras palavras, que eu não digo:
"Amanhã, vou duelar com um amigo".

XVIII

Se ele soubesse que ferida
Queima Tânia, em seu coração,
E se Tatiana, minha querida,
Soubesse ou pudesse ter noção
De que os dois lançariam a sorte
Às mãos um do outro, às portas da morte,
Quem sabe sua paixão talvez
Unisse os amigos outra vez!
Mas tal amor, nem por acidente,
Ninguém ainda havia adivinhado:
Oniéguin tem os lábios selados,
Tânia sucumbe secretamente.
Só a babá seria capaz
De saber, mas não é perspicaz.

XIX

Liênski passa essa tarde disperso,
Ora contente, ora alheio e mudo.

Mimados pela deusa do verso
São assim mesmo; rosto sisudo,
Senta-se Liênski ao clavicórdio.
Dele apenas arranca uns acordes.
Olhando Olga com seriedade,
Pensa: Estou feliz? Será verdade?
Mas é tarde; é hora de partir.
Cheio da angústia que aperta seu peito,
Ao despedir-se, um tanto sem jeito,
O coração parece explodir.
No rosto, Olga vê que algo vem e vai:
"Que tem você?". "Nada", diz e sai.

xx

Em casa, as pistolas examina
E as repõe no estojo com cautela.
Troca de roupa, mal raciocina,
Abre o Schiller à luz de uma vela.
À sua volta, um só pensamento;
O coração, por nem um momento,
Dorme; com encanto inefável,
Vê Olga à frente, quase palpável.
Fecha o livro, pega uma pena.
Sobre o papel, a sombra da mão
Se move, e seus versos, em profusão,
Tolices de amor às dezenas,
Soam bem alto em seu gabinete,
Como o ébrio Delvig* num banquete.

* Anton Delvig (1787-1831), poeta russo, amigo de Púchkin,
dos tempos do liceu de Tsárskoie e Sieló.

XXI

Por acaso, os versos se salvaram,
Estão comigo, aqui copiados:
"Onde andam, para onde voaram,
Primaveras dos anos dourados?
E o que me reserva esta aurora?
Em vão meu olhar busca e explora
A bruma profunda do futuro.
Que importa? O destino é justo e seguro.
Que eu tombe pela flecha ferido,
Que ela resvale voando a meu lado,
Tanto faz: vêm com prazo marcado
A vigília e o sono prometido.
Bendito dia da minha tortura,
Bem-vinda, minha hora escura!

XXII

"Ao luzir o raio da alvorada,
Ao começar a abrir-se o dia,
Talvez eu desça à nova morada,
Sob o túmulo e a terra fria.
O Letes lento levará embora
Do jovem poeta toda memória.
De mim o mundo se esquecerá,
Mas você, amada, ainda virá
Com uma lágrima regar a laje
Precoce e pensar: 'Ele me amou,
Somente a mim ele dedicou,
No mundo, sua breve passagem!...'
Sincera amiga, coração querido,
Venha, venha, eu sou o seu marido!".

XXIII

Escrevia *lânguido* e *sombrio**
(Romantismo: isto assim é chamado;
Mas, de romantismo, nem um fio
Vejo aqui; melhor deixar de lado!).
Por fim, antes do raiar do dia,
Liênski de cansaço já dormia,
Cabeça abaixada sobre a atual
Palavra da moda: *ideal.*
A magia do sono, entretanto,
É logo desfeita: o vizinho
Entra no escritório de mansinho
E acorda Liênski com espanto:
"São cinco e tanto, passou da hora;
Decerto Evguiêni o espera agora".

XXIV

Engana-se ele, e de forma feia:
Dorme Evguiêni, sem nenhum abalo.
A sombra da noite já rareia,
Vésper** foi saudada por um galo,
E Evguiêni segue em sono profundo.
O sol já vai alto sobre o mundo,
A neve matinal derradeira
Rodopia e brilha passageira.
O sono espalha sua neblina,
Mas ele não sai de sua cama.
Enfim acorda. Uma luz se derrama:

* Termos usados, na época, para caracterizar a poesia de tendência elegíaca.
** O planeta Vênus, ou a Estrela D'Alva, que brilha mais forte imediatamente antes do sol nascer.

Ele entreabre a aba da cortina.
Vê que é hora de ir ao moinho,
Já deveria estar a caminho.

XXV

Logo toca a sineta, e um francês,
O criado Guillot sobre um capacho
Põe seu chinelo e no braço cortês
Traz seu roupão e as roupas de baixo.
Oniéguin tem pressa de aprontar-se,
E manda o criado preparar-se
Para acompanhá-lo e levar seu belo
Estojo com pistolas de duelo.*
O trenó ligeiro desembesta,
Chega voando ao lugar marcado.
Oniéguin ordena que o criado
Leve consigo as Lepage[39] funestas**
E deixe os cavalos sob os galhos,
No campo, à sombra de dois carvalhos.

XXVI

Farto da espera além do normal,
Liênski se encosta junto à represa.
Zariétski, um mecânico rural,
Critica a mó por não ter firmeza.
Oniéguin se desculpa, afobado,
E Zariétski pergunta, espantado:
"Ora, mas onde está o seu padrinho?".

* Nos duelos, cada oponente devia levar seu par de pistolas.
** Refere-se às pistolas fabricadas por Jean Lepage (1779--1822), armeiro francês.

Muito severo era o vizinho
Com duelos, beirava o pedante.
Não ia deixar que uma pessoa
Fosse morta com um tiro à toa:
Só com o rito e o método elegante,
Com as regras da arte, em todo o rigor
(Pelo que lhe devemos louvor).

XXVII

"Meu padrinho?", e Evguiêni aponta a mão:
"É ele, o sr. Guillot, amigo meu.
Não imagino nenhuma objeção
À escolha que o acaso me deu.
Mesmo desconhecido e modesto,
Trata-se de um garoto honesto".
Zariétski o lábio morde e esmaga.
"Começamos?", Oniéguin indaga.
"Quando quiser", diz Liênski, e vão juntos
Para trás do moinho. Zariétski, o vizinho,
E o *garoto honesto* ficam sozinhos.
Discutem um importante assunto,
Enquanto os inimigos aguardam,
De olhos no chão, a hora que tarda.

XXVIII

Inimigos! Quanto tempo faz
Que a sede de sangue os separou?
Quando foi que ficaram para trás,
As horas que um com outro partilhou
De conversas e ócios diários?
Hoje, inimigos hereditários,
Parecem presos num pesadelo;

Um para o outro, em silêncio de gelo,
Prepara a morte a sangue-frio...
E se, sorrindo, enquanto as mãos
Não se ensanguentaram, como irmãos,
Se despedirem com amor sadio?...
Mas rixas mundanas sentem imensa
Vergonha da falsa e vã ofensa.

XXIX

As pistolas já brilham escuras,
O martelo bate na vareta,
As balas, nos canos com ranhuras,
Deslizam, enquanto, na caçoleta,
A pólvora, num fio cinzento,
Desce e pousa no compartimento.
Presa, a pederneira denteada
Mais uma vez é engatilhada.
As capas da ambos descem ao chão.
Guillot, atrás de um tronco, escondido,
Vê trinta e dois passos bem medidos
Por Zariétski com exatidão.
Em cada ponta, ele põe um amigo
E dá uma pistola a cada inimigo.

XXX

"Avancem." E, ainda sem mirar,
Os dois inimigos, com frieza,
Em marcha reta e regular,
Cobrem quatro passos com firmeza,
Quatro degraus na escada da morte.
Então Evguiêni, mantendo o porte,
Põe-se a erguer a pistola primeiro,

Como se tivesse o dia inteiro.
Dão um passo pela quinta vez.
A pálpebra esquerda Liênski estreita,
Faz pontaria, mas, desta feita,
Oniéguin atira... A hora e a vez
Por fim chegou: Liênski, o poeta,
Deixa a arma cair, lenta e quieta.

XXXI

Devagar, apoia a mão no peito
E cai. O olhar turvo exprime a morte,
Não a dor. E é assim, desse jeito,
Que, sob os raios de um sol forte,
Um bloco de neve na colina
Se desprende e rola em surdina.
Ferido de um frio fulminante,
Oniéguin o acode no mesmo instante.
Olha, chama... Já não adianta:
O jovem bardo já não existe.
Chegou seu fim, prematuro e triste!
Na tormenta, o vento levanta,
Derruba a bela flor matinal
E apaga no altar o castiçal...!

XXXII

Ele jaz imóvel na estranha paz
De um corpo exausto e, da ferida
Que vaza o peito até atrás,
Fumega e corre um sangue sem vida.
Há um instante, nesse coração
Palpitava a raiva, a inspiração,
O rancor, o amor e a poesia;

Brincava a vida, o sangue fervia.
Agora, como casa abandonada,
Nele, escuridão e silêncio é tudo:
Para sempre vazio e mudo.
Janelas e portas sempre cerradas:
A dona se foi, ninguém atende;
Onde ela está, ninguém entende.

XXXIII

Dá gosto, com um epigrama insolente,
Irritar um rival distraído.
Dá gosto ver que ele, tenazmente,
Baixa os chifres, lutador renhido.
E ao ver-se no espelho, sem querer,
Se envergonha ao se reconhecer.
Dá mais gosto ainda se o fariseu
For tão tolo que exclame: Sou eu!
E o que mais dá gosto é preparar,
Em silêncio, sua tumba honesta,
Mirar com calma na pálida testa,
A uma distância protocolar.
Mas despachá-lo a seus ancestrais
Bem pouco ou nenhum gosto nos traz.

XXXIV

Se uma pistola, na sua mão,
Um jovem amigo alvejar certeira,
Por um mero olhar ou alusão
Dúbia ou qualquer outra besteira,
Uma ofensa com bafo de vinho,
Ou se num arroubo comezinho
Ele lhe lançou um desafio,

Diga, de coração e com brio,
Que sentimento domina você,
Quando sobre a terra, à sua frente,
Imóvel, com a morte ainda quente,
Ele começa a enrijecer
E se mostra surdo e calado,
Ao seu apelo desesperado?

XXXV

Na tortura do arrependimento,
Com a pistola que não larga da mão,
Para Liênski Evguiêni olha atento.
Conclui Zariétski: "Está morto. E então?".
Morto!... A palavra a mente escurece.
Fulminado, Oniéguin estremece,
Se afasta: vai chamar o criado.
Zariétski, no trenó, com cuidado,
Põe o corpo coberto de gelo,
Leva embora o terrível tesouro.
Sentindo morte e mau agouro,
Os cavalos bufam, eriçam o pelo,
Ferve a espuma no freio de aço,
E voam em desabalado passo.

XXXVI

Que pena vocês têm do poeta,
Na flor das alegres esperanças,
Que mal se abriu e já se aquieta,
Mal despiu as roupas de criança,
Já definha! Onde está a emoção
Ardente, a nobre aspiração,
Jovens ideias e sentimentos

Ternos, sem temor nem desalento?
Onde estão as aventuras do amor,
A sede de saber e sacrifício,
O medo da vergonha e do vício?
E vocês, visões de sonhador,
Reflexos da vida sobre-humana,
Sonhos da poesia soberana?

XXXVII

Quem sabe para benfeitor do mundo,
Ou ao menos para a fama ele nasceu?
Lançaria sua lira um som profundo,
Fulgurante, mas emudeceu
Antes de empolgar as gerações.
Talvez, na escala das belas ações,
O aguardasse um degrau elevado.
Seu espectro, sofrido e cansado,
Levou consigo talvez um segredo
Sagrado e para sempre perdido.
Sua voz não virá ao nosso ouvido,
Nem a ele, em seu eterno degredo,
Chegará do futuro o louvor
Nem dos povos a bênção e o amor.

XXXVIII

....

XXXIX

Mas o poeta, quem sabe, teria
Um destino comum e banal.

O ardor da alma esfriaria
Com a juventude em seu final.
Poderia, a fundo, transformar-se,
Afastar-se das musas, casar-se.
Fazendeiro feliz e chifrado,
Vestiria um roupão estofado,
O dia a dia seria o seu forte.
De gota, aos quarenta, ia sofrer.
Comer, dormir, engordar, beber.
Afinal, em seu leito de morte,
Expirar ante o olhar dos herdeiros,
Das camponesas e curandeiros.

XL

Porém, de todo modo, leitor,
É triste que, por tola intriga,
Um jovem poeta sonhador
Termine morto por mão amiga!
Perto da vila onde foi criado
O aluno das musas, inspirado,
Há um lugar onde dois pinheiros
Enlaçam as raízes nos canteiros.
À sua sombra, o riacho faz a curva.
Lá o lavrador vai descansar,
E as ceifeiras vão mergulhar
Seus jarros vazios na água turva.
Lá, onde a sombra é mais escura,
Ergueram uma sóbria sepultura.

XLI

Quando, em maio, a chuva desata
Na relva, senta ali um pastor.

Trança a palha de sua alpercata*
E entoa um canto de pescador.
Uma jovem que vem da cidade
Veranear na sua propriedade,
Quando, a galope, sozinha passeia,
De repente, puxa a rédea e freia
O seu cavalo resfolegante,
A poucos passos da sepultura.
Levanta o véu de seda escura,
Lê, com olhar fugaz e hesitante,
O breve epitáfio no chão,
E uma lágrima turva a visão.

XLII

Depois cavalga pela campina,
Devagar, com o pensamento absorto.
Sem querer, muito tempo rumina,
Na alma, o destino do morto.
"E a Olga?", pensa. "O que aconteceu?
Muito tempo, o coração sofreu,
Ou tinham as lágrimas curto prazo?
E a irmã? Onde andará, por acaso?
E o fugitivo da sociedade,
Com seu ódio às damas elegantes,
Onde anda o soturno extravagante
Que mata um poeta na flor da idade?"
Darei a resposta mais tarde,
De tudo e em detalhes: aguarde.

* Trata-se das *lápti*, tradicionais sandálias de palha ou de casca de árvore.

XLIII

Mas não agora. Embora eu adore
Meu herói de todo o coração
E vá falar dele, talvez demore:
Outro tema exige atenção.
A idade me inclina à prosa séria,
Me afasta da rima de pilhéria.
A ela eu cortejo sem cobiça,
E o faço, eu confesso, com preguiça.
À pena falta o antigo impulso
De riscar papéis com desvarios.
Outros pensamentos, mais frios,
Outros cuidados e outro pulso,
No ruidoso tumulto ou na calma,
Perturbam o sono da minha alma.

XLIV

Ouvi a voz de novos desejos,
Provei a dor de mais um desgosto.
Para aqueles, esperanças não vejo;
Dores antigas são marcas no rosto.
Sonhos! Onde está sua doçura?
E a sua rima: a *idade imatura*?
Será verdade, será que acabou?
A coroa de flores murchou?
Será verdade que, tão ligeira,
Sem a toada das elegias,
Foi-se a primavera de meus dias
(De que eu falava de brincadeira)?
Será que não volta? Está extinta?
Tão depressa vou chegar aos trinta?

XLV

Cheguei então ao meu meio-dia.
O que esperar daqui para a frente?
Minha juventude fugidia:
Despeço-me amigavelmente.
Agradeço a alegria e a tristeza,
Doces angústias e incertezas,
Agradeço as festas e arruaças
E todas, todas as suas graças.
Em meio a silêncio e comoção,
A mocidade eu gozei de um jato.
Deliciei-me e a você sou grato.
Mas basta! Com clara compreensão,
Tomo agora uma nova estrada,
Para descansar da vida passada.

XLVI

Deixe-me ainda olhar para trás.
Adeus, sombras, onde a minha vida
Se foi, entre ócio e paixão fugaz,
Entre sonhos de alma distraída.
E você, jovem inspiração,
Comova a minha imaginação,
Acorde o coração sonolento,
Venha visitar-me e dar alento,
Não deixe que a alma do poeta
Esfrie, se isole, se entorpeça
E um fóssil ou um osso pareça,
Na embriaguez mundana, irrequieta,
No remoinho mortal, amigos,
Em que vocês se banham comigo![40]

Sétimo capítulo

Moscou, filha favorita da Rússia,
Onde encontrar outra igual?
Dmítriev

Como não amar a Moscou natal?
Baratínski

Falar mal de Moscou! É o que dá
Frequentar a sociedade.
Onde é melhor? Lá onde nós não estamos.
Griboiédov*

* A primeira epígrafe provém do poema "A libertação de
Moscou" (1795), de Ivan Dmítriev. A segunda, do poema "Os
festins", de Baratínski. A terceira, da peça *A desgraça da
inteligência* [*Górie ot umá*], de Aleksandr Serguéievitch Griboiédov (1795-1829), dramaturgo e diplomata russo.

I

À luz dos raios da primavera,
Desfaz-se a neve nas colinas,
Em riachos que há muito a esperam,
Rumo às encharcadas campinas.
A natureza acorda e dá bom-dia
À manhã do ano que reinicia.
Os céus se abrem azuis e fulgem.
Os bosques vestem verde penugem
Sobre ramos nus e transparentes.
A abelha voa do seu reduto,
Recolhe dos campos seu tributo.
Os vales ganham cor diferente,
O gado muge, o rouxinol canta.
O silêncio da noite ele encanta.

II

Como é triste, para mim, sua chegada,
Ah, primavera! Tempo do amor!
Que languidez inquieta, agitada,
No sangue e na alma, que dissabor!
Com que amarga afeição me deleito
Com a brisa no rosto e no peito,

O doce sopro da primavera,
Que jardins e campos regenera!
Será que agora todo prazer
Me é estranho e tudo que anima,
Tudo que brilha, alegra e sublima
Só traz tédio, torpor, desprazer
À minha alma, há muito já morta,
À qual tudo é vão e nada importa?

III

Ou a volta das folhas que o outono
Fez tombar não nos traz alegria,
Pois evoca o amargo abandono
Que a mera brotação pressagia?
Pois, no renascer da natureza,
Prevemos o inverso, com tristeza:
Nossa vida no tempo declina,
Nunca volta, não se reanima.
Um sonho poético, quem sabe,
Nos traz de volta ao pensamento
Outra primavera, outro momento;
Tremor que no coração não cabe,
Com visões de não sei que lugar,
Não sei que noite, nem que luar...

IV

É hora: cordiais indolentes,
Sábios da preguiça, epicuristas,
Vocês, felizes indiferentes,
Filhotes da escola liovchnista,[41]*

* Trata-se de Vassíli Alekséievitch Lióvchin (1746-1826), escritor russo. Seu primeiro livro se intitula *Enigmas que servem para compartilhar o tempo ocioso de modo inocente* (1773).

Vocês, ó reis Príamos* rurais,
E vocês, damas sentimentais,
A primavera a todos acossa:
Aos prados, às flores, à roça!
Tempo de passeios inspirados,
De noites sedutoras: é hora!
Ao campo, amigos! Depressa, agora!
Todos juntos, em coches lotados,
De praça ou de sua propriedade,
Abandonem os portões da cidade.**

V

E você, leitor benevolente,
Em sua carruagem importada,
Deixe a cidade inquieta, inclemente,
Onde o inverno foi festa agitada.
Venha comigo e a minha musa
Ouvir do bosque a prosa difusa,
Junto a um rio sem nome nenhum,
Onde meu Evguiêni, o incomum
Eremita, ocioso e tristonho,
Passou há pouco tempo um inverno,
Foi vizinho do coração terno
Da doce Tânia e seu doce sonho.
Ele não está mais lá, com certeza,
Mas deixou um rastro de tristeza.

* Na mitologia grega, Príamo foi o rei de Troia, na época da
Guerra de Troia.
** A estrofe se refere ao arraigado costume de passar tempo-
radas no campo, quando chegam a primavera e o verão.

VI

Entre morros que formam um arco,
Chegamos a um riacho sinuoso,
Que atravessa um prado verde e um charco,
Rumo a um rio num bosque frondoso.
Lá canta o rouxinol, noite inteira,
Raia o sol, floresce a roseira,
Murmura a fonte; e é nesse lugár
Que vemos a pedra tumular,
À sombra de dois velhos pinheiros.
A inscrição explica: "Aqui jaz
Vladímir Liênski. Descanse em paz.
Morto como os bravos verdadeiros,
No ano tal e com tal idade.
Repouse, poeta, na eternidade!".

VII

Outrora uma coroa de flores
Balançava ao vento da alvorada,
Num ramo de pinheiro, suas cores
Sobre a tumba sóbria e despojada.
Outrora, em horas de lazer,
Ali podiam aparecer
Duas amigas e, à luz da lua,
Se abraçavam e choravam, as duas.
Mas hoje... o monumento triste
Foi esquecido. A trilha se apagou.
A coroa de flores murchou.
Grisalho, fraco, ali só persiste
O pastor que trança sua alpercata
E antigas melodias resgata.

VIII

....

IX

....

X

Pobre Liênski! Olga não chorou tanto,
Nem muito tempo andou abatida.
Que pena! Jovens noivas, no entanto,
São infiéis às próprias feridas.
Sua atenção outro distraiu,
Seu desgosto outro conseguiu
Aplacar com lisonja amorosa.
Um ulano* a deixou curiosa,
Um ulano hoje é o seu favorito...
E já sobem os dois ao altar.
Cabeça baixa, fogo no olhar,
Sob a coroa,** o rosto bonito,
Olga, encabulada e sem aviso,
Abre os lábios num leve sorriso.

XI

Pobre Liênski! Sob a sepultura,
No reino da surda eternidade,

---

* Tipo de soldado de cavalaria, inspirado nas tropas mongóis
dos séculos XIII e XIV, copiadas por vários Exércitos europeus.
** Como já foi dito, na cerimônia de casamento na Igreja ortodoxa, os noivos são coroados.

Terá sabido, com amargura,
A traição e a triste verdade?
Ou nas águas do Letes banhado,
Com a indiferença abençoado,
Mantém-se a salvo atrás de um escudo,
E o mundo para ele é opaco e mudo?...
Sim! Indiferença e esquecimento,
Na morte, são os nossos penhores.
Inimigos, amigos, amores
Emudecem no mesmo momento.
Só o coro dos herdeiros ferozes
Esbraveja em discussões atrozes.

XII

Na casa das Lárina, o mesmo ocorreu.
Olga logo calou seu lamento.
O ulano à sorte se submeteu:
Levou-a consigo a seu regimento.
Ao despedir-se, a mãe com ternura
Derramou lágrimas de amargura,
Andou à beira de desmaiar.
Mas Tânia era incapaz de chorar.
Seu rosto apenas, triste e sem vida,
Cobriu-se de mortal palidez.
Ao saírem todos de uma vez,
No alvoroço das despedidas,
Em torno do coche do casal,
Tânia os seguiu até o final.

XIII

Como numa névoa momentânea,
Seu olhar os seguiu pela estrada...

Ficou só, sozinha, a minha Tânia!
Que pena! A companheira adorada
De tantos anos, de toda manhã,
Confidente única e irmã,
Dela afastada pelo destino,
Para sempre, num golpe repentino.
Como sombra, sem rumo ela vaga:
Jardim deserto, casa vazia...
Em nada ela encontra alegria.
Reprime lágrimas que a esmagam.
Nem isso alivia seu anseio.
Seu coração se rasga ao meio.

XIV

Porém, em sua solidão atroz,
Arde a paixão mais forte e constante.
No peito, mais alta soa a voz
Que fala de Oniéguin tão distante.
Não deve vê-lo, e não o verá.
Deve odiá-lo, pois nele está
O assassino do seu irmão.
O poeta morreu... E onde estão
Os que dele se lembram agora?
Sua noiva se foi noutro romance.
Do poeta a memória é um relance,
Fumaça que no céu, vai embora.
Por ele, talvez, só estão tristes
Dois corações... E por que insistem?...

XV

O céu escurece, é o fim da tarde.
Riachos mansos, zumbe o besouro.

O fogo dos pescadores arde
À beira do rio, em brasa e ouro.
Dispersaram-se as rodas de dança.*
Imersa em sonhos, sem esperança,
Sob a lua, no campo e sozinha,
Devagar, Tatiana caminha.
Anda, anda e de súbito à frente
Avista uma casa senhorial,
Um povoado, um bosque, um trigal;
Jardim junto a um rio transparente.
Parada no alto de um outeiro,
Sente o peito bater mais ligeiro.

XVI

No olhar, a dúvida transparece:
"Volto atrás ou sigo até o fim?
Ele não está, ninguém me conhece...
Vou olhar a casa e o jardim...".
Desce a colina e, quase sem ar,
Corre em volta o seu olhar
Surpreso, espantado e incerto...
Por fim, entra no pátio deserto.
Acorrem cachorros que a ameaçam.
Latem. A seus gritos assustados,
Acodem, em seu socorro, criados
Ainda crianças, que rechaçam
Os cães, após luta e revolta.
Tomam Tânia sob sua escolta.

* Trata-se da *khorovod*, tradicional roda em que as camponesas cantavam e dançavam, ao ar livre.

XVII

Tânia pergunta: "Será que eu podia
Ver a casa?". Os meninos, ligeiros,
Vão chamar Aníssia, a vigia.
Ela tem a guarda dos chaveiros.
Chega Aníssia, e a porta da frente
Logo se abre, um pouco rangente.
Tânia entra na casa vazia,
Onde Evguiêni há pouco vivia.
Tânia olha: um taco esquecido
Repousa na mesa de bilhar;
Um chicotinho de cavalgar
Jaz sobre um canapé encardido.
"Nesta lareira", é a velha falando,
"Ele ficava sozinho, pensando.

XVIII

"Liênski, o vizinho morto na briga,
No inverno aqui com ele almoçava.
Por favor, venha para cá, me siga.
Veja o escritório onde ele ficava.
Aqui tomava café e dormia;
De manhã, pegava um livro e lia;
Recebia o administrador.
O velho *bárin** também foi morador
Deste aposento e, ao pé da janela,
Com seus óculos, todo domingo,
Se dignava a jogar cartas comigo.
Que Deus guarde sua alma, tão bela;
Repousem seus ossinhos, coitados,
Na mãe terra, úmida, sepultados."

* Denominação tradicional e genérica para os senhores de terra. Refere-se ao tio de Oniéguin.

XIX

Com atento olhar enternecido,
À sua volta, tudo Tânia observa.
Em tudo há um tesouro escondido;
Tudo a presença dele preserva
E a anima com um prazer que tortura:
A mesa com a lamparina escura,
Livros em pilha, a cama coberta
Por um tapete,* a janela aberta
E lá fora a visão do luar,
A empalidecida meia-luz.
O retrato de Byron reluz.
De ferro, com chapéu triangular,
A estatueta de braços cruzados
Sobre o peito e semblante zangado.**

XX

Nesta cela de moda e elegância,
Um feitiço não a deixa ir embora.
É tarde. Um vento esfria, à distância;
No vale e no bosque, a sombra aflora.
À beira do rio, que escurece,
Por trás do morro, a lua já cresce.
É hora de a jovem peregrina
Ir para casa cumprir sua sina.
E Tânia, escondendo a emoção,

---

* Além de forrar o chão, os tapetes também eram usados nas paredes, segundo a tradição turca, o que ajudava a manter o ambiente aquecido, ou para cobrir móveis.
** Estatuetas de Napoleão nessa pose clássica eram muito difundidas. Diversas aspirações históricas convergiam para a sua imagem idealizada.

EVGUIÊNI ONIÉGUIN

O que, porém, não abafa um suspiro,
Prepara o retorno a seu retiro.
Mas antes pede a permissão
De voltar à casa, e sublinha:
"É para ler os livros sozinha".

XXI

Tânia se despede da vigia.
Mas volta ao solar abandonado,
Logo na manhã do outro dia,
Pouco após o sol ter levantado.
No gabinete, em silêncio profundo,
Esquecida de tudo no mundo,
Tânia se vê só e, enfim, chora,
E se permite chorar com demora.
Para os livros, depois, ela se volta.
Porém, antes de ler, Tânia estranha
Ver ali novidade tamanha.
Começa a ler, a mente se solta.
Vira as páginas vorazmente;
Vê se abrir um mundo diferente.

XXII

Sabemos que Evguiêni, na verdade,
Já perdera o gosto da leitura.
Porém, da sua hostilidade,
Salvou-se alguma literatura.
"Don Juan" e "Giour" * tiveram a chance,
Bem como dois ou três romances
Que refletem, num tom espontâneo,

* Dois poemas longos de Lord Byron.

Seu tempo e o homem contemporâneo,
Retratado em traços fiéis,
Com sua alma imoral e vazia,
Devotado ao sonho em demasia,
Que troca os dedos pelos anéis,
Com sua mente exasperada e fútil,
Que ferve em atividade inútil.

XXIII

Muitas páginas guardavam fundas
Marcas no papel, feitas à unha.
Com a maior atenção do mundo,
Tânia lia o que ali se expunha.
Com tremor no peito e na visão,
Lia a ideia, a observação
Que então o impressionara,
Com que, calado, ele concordara.
Nas margens, vinham aos olhos de Tânia
Traços a lápis, linhas e riscos.
A alma de Oniéguin em tais rabiscos
Se exprimia à deriva, espontânea,
Com um xis, com um sim ou um não,
Ou um ponto de interrogação.

XXIV

E aos poucos Tatiana começa
A compreender de modo mais claro,
Finalmente — é o que interessa —
O homem por quem um destino raro
A condena a suspirar sozinha:
Criatura bizarra e daninha,
Triste filho do céu ou do inferno,
Anjo e demônio, verão e inverno,

O que é ele? Mera imitação,
Espectro sem corpo e sem sentido,
Moscovita de Harold,* travestido,
Reflexo de uma alheia visão,
Dicionário da moda em mixórdia,
Ou será ele mera paródia?

XXV

Será que ela desvendou o mistério?
Encontrou a palavra secreta?
Voa o tempo e ela esquece algo sério:
Deve voltar na hora correta.
Agora em casa há duas visitas.
Com elas a mãe conversa aflita:
"Que fazer? Tânia não é criança",
Lamenta-se com pouca esperança.
"Olga é mais nova e já está casada.
Já passou da hora, ai-ai-ai...
Que fazer? Se ela tivesse um pai...
Diz sempre o mesmo, a cara amarrada:
'Não caso'. Vive triste e caminha
Pelos bosques, sem rumo, sozinha".

XXVI

"Está apaixonada?" "Por quem?
Buiánov pediu, ela negou.
O pobre Ivan Petúchkov também.
O hussardo** Píkhtin nos visitou,

* Childe Harold, herói do poema "Peregrinações de Childe Harold", já mencionado.
** Soldado da cavalaria ligeira, inspirada na cavalaria húngara do século XV.

Tatiana o levou quase à loucura.
Desfez-se o diabo em tanta mesura,
Que até pensei: Quem sabe ela aceita?
Que nada! Só mais uma desfeita."
"Então vá para Moscou, minha cara:
A feira das noivas, a ciranda.
Dizem que lá há grande demanda."
"Minha renda é pouca, a vida é cara..."
"Mas para um inverno é o bastante.
E eu posso emprestar o restante."

XXVII

A velha ouviu com satisfação
O conselho sensato e fraterno.
Fez contas e tomou a decisão
De partir para Moscou no inverno.
E Tânia soube da novidade:
Ao julgamento da sociedade
E da veleidade mundana,
Expor sua feição provinciana,
Antiquados vestidos com fitas,
Suas palavras já fora de uso,
Atrair o desprezo escuso
De Circes* e esnobes moscovitas...
Horror! É melhor, mais verdadeiro,
Viver entre tílias e pinheiros.

* Na mitologia grega, poderosa feiticeira que seduzia e encantava os homens, como ocorre no canto x, da *Odisseia*, de Homero.

XXVIII

Ao primeiro raio da manhã,
Ela acorda e sai a caminhar.
Em profunda comoção e afã,
A um por um se volta com o olhar:
"Adeus, meus vastos vales serenos,
Adeus, topos de montes amenos,
Linhas de celestial beleza,
E vocês, bosques, minha defesa,
Feliz natureza, eu vou embora!
Troco o mundo gentil e pacato
Pelo esplendoroso espalhafato...
Adeus, minha liberdade. É hora!
Para onde e para quê, tal desatino?
O que me augura este meu destino?"

XXIX

Ela se alonga em seus passeios.
Um rio, um poço ou um pomar
Despertam, em seu peito, anseios,
E ela se deixa enfeitiçar.
Como entre antigos companheiros,
Com lagos e bosques de pinheiros,
Tânia trava compridas conversas.
No entanto, o verão voa, tem pressa.
Vem o outono de ouro em seu rastro.
Enfeitada para o sacrifício,
A natureza hesita no início...
O vento norte as nuvens arrasta,
E sopra, uiva, gira, revoa:
Chegou o bruxo, o inverno em pessoa.

XXX

Mal ele chega, tudo domina:
Pendura trapos nos galhos pelados,
Nos campos em volta das colinas
Estende tapetes ondulados.
Iguala o rio imóvel e as margens
Com branca e vaporosa camuflagem.
Todos se enchem de alegria
Com as diversões que o inverno anuncia.
Só não se alegra o peito de Tânia.
Ela não sai para recebê-lo,
Não respira a poeira do gelo,
Não pega, no telhado da *bánia*,
Neve para lavar o peito e o rosto.*
Teme o inverno, a viagem, o desgosto.

XXXI

Depois de muito adiamento,
Chega o prazo final da partida.
Reforçado e forrado a contento,
O velho *vozok*** tem nova vida.
Bem carregadas, vão três carroças
Com os trastes de casa, da roça,
Panelas, cadeiras, caçarolas,
Colchões, baús, galos em gaiolas,
Vidros de doce, peixes salgados,
Travesseiros de penas, bacias,
Tudo, enfim, de alguma serventia.

* Após fazer sauna na *bánia*, no inverno, as pessoas esfregam
neve no corpo nu.
** Tipo de coche grande, sobre patins, como um trenó (porém
com teto, portas e janelas), próprio para viajar na neve.

Na despedida, entre os criados,
Ressoa um choro a intervalos.
Trazem ao pátio dezoito cavalos,*

XXXII

Que atrelam ao *vozok* das patroas.
Os cozinheiros preparam a merenda,
Nas carroças a carga amontoam,
Entre os cocheiros a briga é tremenda.
Num cavalo esquálido e peludo
Monta um boleeiro** barbudo.
Aos portões acorre a criadagem;
Dão adeus às patroas em viagem.
Elas embarcam, e o quase lendário
Vozok range e desliza na neve.
"Adeus, mundo calmo, alma leve,
Adeus, meu refúgio solitário,
Voltarei a vê-lo?..." E das pestanas
Pingam as lágrimas de Tatiana.

XXXIII

Quando enfim abrirmos as fronteiras
Ao progresso e ao que ele propicia,
Nessa hora (nas contas certeiras
Das tabelas da filosofia,
Só daqui a uns quinhentos anos),
Para as estradas farão novos planos.
A Rússia unida, de ponta a ponta,

* Ou seja, seis troicas.
** O boleeiro montava num dos cavalos dianteiros da série de
troicas, para ajudar o cocheiro a guiar o pesado veículo.

Recortada por vias sem conta.
Arcos de ferro de larga amplitude,
Sobre a água serão nossas pontes.
Abriremos caminho entre os montes,
Com audazes túneis e taludes.
Todo cristão terá, na viagem,
Em cada estação, uma estalagem.

XXXIV

Hoje não temos boas estradas.[42]
Esquecidas, pontes apodrecem.
Pulgas, percevejos, nas paradas,
Devoram quem a custo adormece.
Estalagem não há. Na isbá fria,
Um cardápio de fome anuncia
Pratos de um luxo além do limite,
Que em vão atiçam nosso apetite.
Enquanto isso, ciclopes* rurais,
Ao pé de uma indolente fogueira,
Com a marreta russa certeira,
Consertam os frutos industriais
Da Europa e louvam os pátrios buracos
Que deixam tantas rodas em cacos.

XXXV

Mas no inverno, de frio e granizo,
Dá gosto viajar: não incomoda.
O chão da estrada fica tão liso
Quanto um oco poema da moda.

* Na mitologia grega, gigantes que se caracterizavam pela força e incansável disposição de trabalhar. Tinham um olho só,
no meio da testa.

Nossos automedontes* são ágeis,
Nossas troicas, firmes, incansáveis.
Os marcos das verstas,** para o passageiro,
Parecem uma cerca, de tão ligeiros.[43]
Mas Lárina viaja devagar:
Quis usar seus próprios cavalos,
Temendo o custo de alugá-los.
Tânia assim pode saborear,
Gota a gota, o tédio da estrada,
Nos sete dias de sua jornada.

XXXVI

Pronto, estão perto. Avistam-se as casas
De pedras brancas que Moscou abriga.
Cruzes de ouro ardem como brasas
No topo das cúpulas antigas.
Ah, irmãos! Como fiquei contente,
Quando se abriu à minha frente
O semicírculo de santuários,
Muralhas, palácios, campanários!
Quantas vezes, no destino errante
Que me manteve em amargo exílio,
Moscou, pensei em ti, como um filho!
Moscou... O coração russo distante
Cresce com o que nesse nome ressoa!
Quanta coisa em tuas letras ecoa!

* Na mitologia grega, Automedonte é o símbolo do cocheiro
habilidoso. Era o cocheiro de Aquiles, na Guerra de Troia.
** Na beira da estrada, havia marcos, em forma de pequenos
postes, para assinalar cada versta. A imagem sugere que o espaço entre um marco e outro (1,07 quilômetro) passava tão depressa quanto duas estacas de uma cerca.

XXXVII

O castelo Petróvski,* solene,
Se orgulha de sua recente glória,
Junto com seus carvalhos perenes.
Napoleão, ébrio com a vitória,
Aqui esperou dias em vão
Moscou, de joelhos, pôr na sua mão
As chaves do Krêmlin ancestral.
Não. Minha Moscou não foi, afinal,
Até ele de cabeça baixa.
Em vez de festa ou recepção,
Ardeu num incêndio até o carvão.
Daqui, da muralha que não racha,
O impaciente herói pensativo
Viu o fogo acenar agressivo.

XXXVIII

Adeus, castelo, que viu o final
De uma carreira de glória. Avante,
Cocheiro! Passa o arco triunfal,**
E já o *vozok* sacolejante
Na rua Tverskáia*** cruza os buracos.
Passa depressa por lojas, cossacos,

* Construído em 1776, situa-se no terreno do Mosteiro de São Pedro, a cerca de três quilômetros do centro de Moscou. Após a invasão da Rússia e a marcha até Moscou, em 1812, Napoleão fez do local sua residência e, de lá, viu o grande incêndio da cidade.
** Construído para celebrar a vitória sobre Napoleão.
*** Principal via de Moscou. Desemboca quase na praça Vermelha, e seu traçado remonta ao século XII.

Torres, trenós, gente de Bukhara,*
Mosteiros, moças de roupa cara,
Comerciantes, jardins, mujiques,
Hortas em casebres de madeira,
Guaritas, lampiões, lavadeiras,
Vendinhas, farmácias, casas chiques,
Leões de pedra, luvas, capuzes,
Gralhas em bando acima das cruzes.

XXXIX

....

XL

O *vozok* percorre, cansativo,
Uma ou duas horas de chão.
Em Khariton,** num beco furtivo,
Elas param em frente a um portão.
Chegam à casa da velha tia;
Doente de tísica, sofria
Havia quatro anos, nas suas contas.
A porta se abre de ponta a ponta.
De óculos, num puído cafetã,
Com uma meia na mão, um expedito
Calmuco as recebe. Soa um grito
Da princesa, estirada ao divã.
As velhas, entre choro e abraços,
Trocam exclamações aos pedaços:

* Cidade do Uzbequistão, na Ásia Central. Pessoas de Bukhara vendiam mantas e xales, em Moscou.
** Nesse bairro, Púchkin passou parte da infância.

XLI

"*Mon ange!*"* "*Pachette!*"** "Princesa.
Quem diria!" "Há quantos anos! Diga:
Fica muito tempo? Que beleza!
Incrível, prima! Sente-se, amiga!
Parece um romance, que maravilha!"
"Esta é Tatiana, a minha filha."
"Ah, Tânia! Venha aqui para perto.
Parece que eu sonho de olho aberto...
Lembra-se do Grandison, minha prima?"
"Que Grandison?... Ah, agora lembrei!
Onde ele anda? Dele eu nada sei."
"Mora aqui em Moscou, logo acima,
Em São Semion,*** e me visitou
No Natal. Há pouco, um filho casou.

XLII

"Ele... É melhor falar mais tarde.
Amanhã, vamos apresentar
Tânia aos seus parentes na cidade.
Pena que estou fraca para andar:
Mal caminho até a carruagem.
Mas estão exaustas da viagem.
Vamos juntas descansar agora.
Ando fraca... O peito me devora...
Hoje eu sofro até com a alegria,
Como se não bastasse a tristeza...
Não sirvo para nada, só dou despesa...

* Em francês: "Meu anjo".
** Forma diminutiva francesa do nome russo Pacha, hipoco-
rístico de Praskóvia.
*** Bairro vizinho a Khariton.

EVGUIÊNI ONIÉGUIN   233

Essa velhice é uma porcaria..."
Exausta, em lágrimas, sem ar,
Ela desata a tossir sem parar.

XLIII

Tânia se comove com a tia,
Doente, alegre, afetuosa.
Mas se sente mal na moradia
Distinta da antiga, e já saudosa.
Atrás da seda do cortinado,
Dormir na cama nova é complicado.
O som precoce de tantos sinos,
Sinal dos trabalhos matutinos,
Levanta a minha Tânia da cama.
Sem jeito, senta junto à janela:
A penumbra esvai-se e não revela
Os seus bosques, o rio, a grama.
Que imagem estranha os olhos invade:
Cavalariça, cozinha e grade.

XLIV

Todo dia Tânia é arrastada
Para almoçar com muitos parentes.
Aos velhos ela é apresentada
Numa languidez indiferente.
À parenta que mora distante
Recebem com carinho exultante,
Pão e sal* e espanto: "Puxa vida!
Mas como a Tânia está crescida!".

* Oferecer pão e sal é a expressão tradicional de boas-vindas
e de hospitalidade na Rússia.

"O batizado foi no outro dia!"
"Peguei-a no colo: tão vermelha!"
"Já dei um puxão na sua orelha!"
"E meu *priánik*,* como ela comia!"
E sempre o mesmo coro ressoa:
"Como o tempo passa e a vida voa!"

XLV

Mas neles não há a menor mudança.
Tudo segue o padrão dos avós.
Tia Helena, a princesa, não cansa
De usar a mesma touca de filó,
Sempre em pó de arroz, Lukéria Lvovna,
Sempre mentirosa, a Liubóv Petrovna;
Semion Petróvitch, o mesmo avaro,
Ivan Petróvitch, o mesmo ignaro.
Pelagueia Nikolavna ainda
Tem seu lulu e um amigo querido,
Monsieur Finnemouche, e o mesmo marido,
Assíduo no clube, onde sempre brinda,
Como antes, calmo e surdo, e depois,
Como antes, bebe e come por dois.

XLVI

As filhas delas, as jovens Graças**
De Moscou, primeiro a examinam
Da cabeça aos pés e se embaraçam.
Veem algo estranho, que não dominam,

* Tipo de pão de mel tradicional, com formatos fantasiosos.
** Na mitologia grega, as três Graças são deusas da concór-
dia, da prosperidade e da sorte.

Uma afetação provinciana,
Na pálida e magra Tatiana.
Porém descobrem sua beleza,
Rendem-se assim à natureza,
Abraçam-na, fazem amizade,
Levam Tânia para seus aposentos:
Beijos, mãos dadas, acolhimento.
Armam seus cachos mais à vontade,
Contam com ternura seus segredos,
Que, entre as moças, dão certo medo,

XLVII

Suas conquistas e as alheias,
Esperanças, sonhos, brincadeiras.
A conversa ingênua se entremeia
Com algumas calúnias ligeiras.
Mas, em troca de sua franqueza,
Cobram de Tânia, com gentileza,
Sua confissão também sincera.
Como num sonho que se reitera,
Tânia as ouve sem curiosidade,
Sem interesse ou compreensão.
O segredo do seu coração,
Tesouro de dor e felicidade,
Ela esconde, enterrado e mudo,
Com ninguém o divide; contudo,

XLVIII

Bem que ela tenta dar atenção
E ouvir todas aquelas conversas.
Mas as tolices, como um tufão,
Deixam as palavras tão dispersas,

Tão absurdas, sem graça e irritantes,
Que até as calúnias são maçantes.
Na estéril aridez do palavrório,
Notícias, boatos, falatório,
Nem uma ideia sequer lampeja,
Nem sem querer, nem por acaso.
A inteligência é um prato raso,
O coração, em torpor, boceja.
Das frases não se aproveita nada,
Nem dá para rir de suas piadas.

XLIX

Os jovens arquivistas,* em bando,
Miram Tânia com ar afetado.
E sobre a estranha, de vez em quando,
Falam entre si em tom debochado.
No entanto, um bufão desmilinguido
Vê em Tânia seu ideal querido.
Apoiado à porta, ele porfia
Em compor para Tânia uma elegia.
Na casa da tia, em festa enfadonha,
Viázemski** a vê e a seu lado senta.
Desperta uma curiosidade atenta.
Ao vê-lo junto à jovem tristonha,
Um velho ajeita a peruca e indaga
Quem é. E em devaneios divaga.

* Funcionários do arquivo do Ministério do Exterior, onde trabalhavam muitos homens jovens das famílias nobres de Moscou. A mudança da capital deixou poucos empregos, na cidade, para aquele grupo social.
** Piotr Andréievitch Viázemski (1792-1878), poeta, prosador e político. Amigo e correspondente de Púchkin.

L

Mas lá onde soam os clamores
Da Melpômene* tempestuosa
Que, para os frios espectadores,
Sacode sua capa enganosa;
Onde Tália dorme serena,
Indiferente às palmas amenas;
Onde só Terpsícore deslumbra
A jovem plateia na penumbra
(Tal como já vimos no passado:
No seu, leitor, e no meu também),
Tânia ali não interessa a ninguém,
Nem femininos lornhões enciumados,
Nem binóculos de cavalheiros,
Nem frisas, nem plateia, nem porteiros.

LI

Levam Tânia ao Clube da Nobreza.
Calor, tumulto, salão lotado,
Música, lustres, velas acesas,
Pares giram no chão taqueado.
Colares, anéis, brincos, pingentes,
Galerias coalhadas de gente,
As noivas, num arco estendido,
Tudo em volta impressiona os sentidos.
Dândis ostentam sua descrença,
Seu colete, seu atrevimento,
Seu eterno lornhão desatento.
Ali os hussardos de licença

* A estrofe se refere ao teatro e menciona três musas da mitologia grega: Melpômene é a musa da tragédia; Tália, da comédia; Terpsícore, da dança.

Afluem em bando para se exibir,
Brilhar, gerar paixões e fugir.

LII

À noite há tantas lindas estrelas
Quantas em Moscou são as beldades.
Mas a lua é capaz de escondê-las,
Quando, cheia, fulgura à vontade.
E aquela a quem me falta ousadia
De incomodar com a minha poesia,
Como a lua, ao brilhar, ofusca
Qualquer dama que sua luz busca.
Com que etéreo orgulho celestial,
Com os pés ela toca nossa terra.
Quanta ventura seu peito encerra,
Que olhar langoroso e natural.
Pare, porém: ninguém mais atura:
Já está pago o tributo à loucura.

LIII

Alvoroço, risos, cortesias,
Mazurca, valsa, pares... porém,
Junto à coluna, entre duas tias,
Sem ser observada por ninguém,
Tudo olhando e sentindo-se alheia,
Tânia a agitação mundana odeia.
Sufocada, pensa na fazenda,
Que à distância parece uma lenda.
Sente falta das isbás dos pobres,
Do riacho limpo e solitário,
De suas flores, do ar agrário,
De seus romances com heróis nobres,

Da sombra do bosque juvenil,
Onde, para ela, *ele* surgiu.

LIV

Assim sua mente longe divaga,
Alheia ao baile e à sociedade.
Dela, porém, um olhar não larga:
Vem de um general de meia-idade.
As tias se entreolham, instantâneas,
Tocam no cotovelo de Tânia
E sussurram disfarçadamente:
"Depressa, olhe à esquerda, à frente".
"À esquerda? Onde? Do que se trata?"
"Não importa. Olhe, aqui do lado...
Onde há mais dois uniformizados.
Um grupinho... Tem dois de gravata...
Olhe, ele se afastou... na diagonal..."
"Quem? Aquele gordo? O general?"

LV

Meus parabéns por sua vitória,
Tatiana. Mas vou mudar de rumo.
Não esqueçamos quem, nesta história,
Dá o título, o tom e o prumo...
Por falar nisso, um comentário:
Canto o jovem amigo solitário,
Suas extravagantes ideias.
Oh, você! Musa das epopeias!
Proteja este trabalho em que eu tardo,
*Conceda-me um cajado fiel,**

* O cajado é o instrumento do pastor, figura que, aqui, representa o poeta.

Impeça meus pés de andar ao léu.
Basta! De meus ombros, cai o fardo:
Já honrei o classicismo. Pronto,
É o prólogo; mesmo fora do ponto.*

---

* Pelas regras do classicismo, uma epopeia devia começar pelo prólogo, segundo o modelo da *Ilíada*, de Homero, que diz: "Canta-me, ó deusa, a cólera funesta de Aquiles Pelida, que foi causa de os Aqueus sofrerem trabalhos sem conta...". Os versos em itálico parodiam este modelo de prólogo.

Oitavo capítulo

Fare thee well, and if for ever
*Still for ever far thee well.**

Byron

---

* Em inglês: "Adeus, e, se for para sempre,/ Ainda assim, para sempre, adeus".

I

No tempo em que eu crescia sereno
Nos jardins do meu Liceu e lia
Apuleio* com prazer ameno
E de Cícero** eu só fugia,
Então, nos vales da primavera,
Ao som dos cisnes, que reverbera
À beira d'água ao branco luar,
A musa passou a visitar
Minha pobre cela de estudante,
Que de repente se iluminou.
Foi ali que a musa inaugurou
O festim de alegrias brilhantes,
Cantou o jovem e a criança,
O passado e a doce esperança.

* Em latim, Lucius Apuleius (125-70), escritor e filósofo do Império Romano, autor de O asno de ouro.
** Em latim, Marcus Tullius Cicero (106-43 a.C.), orador, filósofo e político do Império Romano.

II

E o mundo a recebeu com um sorriso;
O sucesso nos entusiasmou;
Velho, Dierjávin,* de sobreaviso,
Viu e, ao morrer, nos abençoou.

....
....
....
....
....
....
....
....
....

III

Eu fiz do arbítrio da paixão
A única lei a ser seguida.
Fiz meus os gostos da multidão
E levei minha musa atrevida
A banquetes, balbúrdias sem fim.
E a esse enlouquecido festim,
Sob as ameaças da polícia,
A musa levava a sua delícia,

* Gavrila Románovitch Dierjávin (1743-1816), o mais consagrado poeta russo do século XVIII. Quando Púchkin tinha
quinze anos, leu um poema seu na cerimônia de formatura do
Liceu de Tsárskoie e Sieló, onde estudava. Dierjávin, já idoso,
pouco mais de um ano antes de morrer, estava na plateia e, em
seguida, declarou a outros escritores que aquele adolescente
iria "superar todos nós".

Seus talentos e, como bacante,
Cantava a todos, de copo em punho.
Os jovens davam seu testemunho
De amor, de joelhos, suplicantes.
E eu me orgulhava, entre os companheiros,
Da amiga de preceitos ligeiros.

IV

Mas me afastei de meus amigos,
Fui para longe... A musa, contudo,
Carinhosa e fiel, foi comigo,
Animou o meu caminho mudo
Com rimas e contos misteriosos!
No Cáucaso, de abismos rochosos,
Como Leonora,* à luz do luar,
Cavalgou comigo até clarear!
Às praias da Táurida** a musa
Levou-me em noites de bruma
Para ouvir o marulho da espuma,
Dom que a Nereida*** nunca recusa,
Vozes das ondas, coros profundos,
Hino em louvor ao pai dos mundos.****

* Personagem do poema *Lenore* (traduzido como Leonora), do
alemão Gottfried August Bürger (1747-84). Leonora recebe, à
meia-noite, a visita de um cavaleiro misterioso. Ela o confunde
com seu namorado, que partiu para a Guerra dos Sete Anos. O
cavaleiro a chama para montar em seu cavalo, e os dois partem a
galope, passam por locais sinistros, até chegarem a um cemitério.
** Nome histórico da península da Crimeia, na época do Império Romano. Situa-se à beira do mar Negro.
*** Nome genérico das muitas filhas de Nereu, deus do mar, na
mitologia grega.
**** Esta estrofe e a seguinte recapitulam algumas regiões em que

V

Ela esqueceu a luz da cidade,
O tumulto e o afã das festas.
Com a Moldávia erma fez amizade,
Visitou as choupanas modestas.
Entre nômades se fez selvagem,
Dos deuses esqueceu a linguagem,
Enamorou-se de línguas estranhas,
Escassas, mas que cantam façanhas
Dos heróis das estepes profanas...
Tudo, no entanto, se transformou:
No meu jardim, ela incorporou
Jovens feições de provinciana.*
No rosto, tristeza e palidez,
Nas mãos, um livro francês.

VI

Levo hoje, pela primeira vez,
Minha musa a uma reunião social.[44]
Olho com ciumenta timidez
Seu encanto agreste e rural.
Em meio a filas de aristocratas,
Militares, dândis, diplomatas,
Damas pomposas, ela desliza.
Discreta, senta-se e analisa
Multidão, barulho e afã,

Púchkin esteve, em seu exílio interno: o Cáucaso, a Crimeia (estrofe IV) e a Moldávia (estrofe VI), que faz parte da Bessarábia.
* "No meu jardim" é uma referência ao terceiro estágio do exílio de Púchkin, na fazenda da sua família, em Mikháilovskoie (região de Níjni Nóvgorod). Lá, segundo a estrofe, Púchkin encontrou a inspiração para a personagem Tatiana.

Repique de vozes, vestidos,
Cumprimentos em fila trazidos
Perante a jovem anfitriã.
E em volta das damas a forma escura
De homens, como num quadro a moldura.

VII

Agrada-lhe a ordem e o rigor,
As lentas conversas oligárquicas,
O orgulho frio, apaziguador,
A mistura etária e hierárquica.
Mas e aquele ali, sabe quem é?
Mudo, sombrio, parado em pé?
A tudo se mostra indiferente,
Os rostos lampejam à sua frente
Como fila enfadonha de espectros.
Na face é *spleen*, ou contida arrogância?
Quem é? Por que se põe à distância?
Será Evguiêni? Que estranho aspecto!
Será?... É o próprio: quem vê não erra.
"Está de volta há muito à nossa terra?

VIII

"Acalmou-se depois da viagem?
Ou afeta a mesma excentricidade?
Encarna agora que personagem?
Incorpora outra identidade?
Por quem se passa, hoje? Patriota,
Melmoth, Harold, um carola idiota,
Cosmopolita, alma cruenta?
Ou qualquer outra máscara ostenta?
Ou será uma pessoa comum,

Como você, eu e todo mundo?
Tenho um conselho, e nem é profundo:
Moda morta é sem uso nenhum;
Findou a sua mistificação..."
"Você o conhece?" "Sim e não."

IX

"Por que fala com tanto rancor?
Ele lhe causa ressentimento?
Será porque gostamos de impor
A qualquer um nosso julgamento?
Ou a imprudência da alma ardorosa
Insulta a nulidade vaidosa,
Que se vê por ela escarnecida?
Seu amplo alcance a deixa tolhida?
Ou será porque meras conversas
Nós tomamos como realidade,
Os graves só dizem banalidade,
E a tolice é leviana e perversa?
Porque a mediocridade, e mais nada,
É nossa luz e nossa morada?"

X

Feliz quem na juventude é jovem,
Quem na hora certa amadurece,
Quem, apesar dos anos, se comove
E no frio da vida ainda se aquece;
Quem não se rendeu a ilusões,
Não fugiu do mundo dos salões,
Quem, aos vinte, foi dândi ou briguento
E, aos trinta, lucrou num casamento;
Quem, aos cinquenta, não tem credores,

Quem das dívidas se emancipou
E, um por um, com calma alcançou:
Dinheiro, empregos, fama, louvores;
De quem dizem, a torto e a direito:
Fulano é um excelente sujeito.

XI

É triste pensar que a mocidade
É um prêmio que nos foi dado em vão,
Que ela nos iludiu, na verdade,
E nós lhe pagamos com traição;
Que os nossos melhores desejos,
Que os nossos sonhos, num lampejo,
Viraram cinzas, murchas e tortas,
Como folhas pelo outono mortas.
É insuportável olhar para a frente
E só ver um banquete infinito,
Ver na vida um árido rito,
Seguir com ar solene essa gente,
Sem compartilhar opiniões
Nem ódios nem dores nem paixões.

XII

Sendo alvo de horríveis juízos,
É insuportável (senhor, admita),
Entre sensatos homens de siso,
Ter fama de criatura esquisita,
De um excêntrico, afetado e triste,
Monstro mais satânico que existe,
Ou do Demônio do meu poema.*

---

* Refere-se ao poema "O demônio", que Púchkin escreveu em 1923.

Oniéguin (volto aqui ao meu tema),
Após matar o amigo em duelo,
Viveu até os vinte e seis anos
Sem rumo, sem trabalho, sem planos,
Num lânguido ócio sem paralelo,
Sem emprego, esposa ou guarida,
Sem saber o que fazer da vida.

XIII

Dominou-o um sentimento inquieto,
Uma ânsia de se deslocar
(Cruz voluntária que um seleto
Grupo se dispõe a carregar).
Ele deixou seu mundo rural,
A solidão de bosque e trigal,
Onde um espectro o perseguia
E assombrava, sangrento, seus dias.
E partiu o peregrino errante,
Movido por um só sentimento.
Mas, como sempre, chegou o momento
Em que até viajar se fez maçante.
Ele volta e, como Tchátksi, passa
Do navio a um baile, por desgraça.*

XIV

No entanto, a multidão hesita,
Um rumor corre o salão central...

* Alusão à peça de Griboiédov *A desgraça da inteligência*, já cita-
da na epígrafe do sétimo capítulo. Nela, o personagem Tchátski,
após três anos, retorna a Moscou, "passa do navio para um baile"
e se vê numa situação parecida com a de Oniéguin neste oitavo
capítulo.

A anfitriã fala com uma visita.
Atrás dela, um grave general.
Ela anda sem pressa ou frieza,
Discreta, não ostenta nobreza,
Não olha insolente, como as damas,
Não mostra ambição de ganhar fama,
Não tem esses pequenos trejeitos,
Caprichos de mera imitação.
Tudo é natural, tem sua razão.
Ela parece o retrato perfeito
Du comme il faut*... (Chíchkov** vai proibir.
Perdão, não sei como traduzir.)

XV

Dela, as damas se aproximam,
As velhas sorrisos lhe enviam,
Os homens a cabeça inclinam,
Para ela os olhos se desviam.
As moças passam mais lentamente
Pelo salão, quando à sua frente,
Mais que todos, ergue o peito e o nariz
O general que a acompanha feliz.
Ninguém dirá que é uma beldade,
Mas, dos pés à cabeça, ninguém
Poderá nela encontrar também
O que a moda, tirana entidade,
Chama, na alta esfera londrina,
Vulgar*** (e em russo se denomina...

* Em francês: "Como é devido, como convém".
** Aleksandr Chíchkov (1754-1841) era um escritor de tendência acadêmica que condenava estrangeirismos e criava vocábulos com raízes russas para substituir as importações lexicais.
*** Em inglês, no original.

XVI

Eu não sei traduzir, na verdade,
Mas a palavra muito me agrada.
Entre nós, por ora é novidade,
Dificilmente será usada;
No máximo em algum epigrama...)
Mas vamos voltar à nossa dama.
Doce em sua singela beleza,
Com Nina Vorónskaia à mesa
(A própria: a Cleópatra do Nievá),*
Quem as vê não tem escapatória:
Nina, em sua beleza marmórea,
O senhor mesmo concordará,
Por mais que deslumbre as retinas,
Não ofusca o que a outra ilumina.

XVII

"Mas será?", pensa Evguiêni no fundo.
"Será ela?... Não... Mas é igual...
Das estepes, lá do fim do mundo?..."
E o lornhão, obsessivo cristal,
Oniéguin aponta, a cada minuto,
Para o ponto onde um vago vulto
Lembra feições que há muito ele esquece.
"Diga-me príncipe, você conhece
Aquela ali, de touca rubra,
Ao lado do embaixador da Espanha?"
Tal pergunta o príncipe estranha:
"Ausência longa, a sua! Que descubra

* Nina Vorónskaia é um nome fictício. Por trás dele, porém, Púchkin tinha alguém em mente. Sua identidade é objeto de muitas conjecturas.

Agora: será apresentado."
"Quem é?" "Minha esposa: estou casado."

XVIII

"Casou? Eu não sabia. É recente?"
"Mais ou menos, dois anos." "Com quem?"
"Lárina." "A Tatiana!" "Justamente.
Conhece?" "Fui vizinho também."
"Que ótimo. Então venha comigo."
Conduz o seu parente e amigo
E o apresenta à esposa, a princesa,
Que mira Oniéguin com delicadeza...
Por mais que a alma esteja abalada,
Por mais forte que seja o espanto,
Do temor e do abalo, no entanto,
Seu rosto não deixa trair nada.
Ela mantém o tom e a atitude,
Cumprimenta com a mesma quietude.

XIX

Juro! Ela não só não tremeu,
Não ficou pálida, nem corada,
Como a sobrancelha não mexeu,
Não contraiu o lábio nem nada.
Por mais que olhasse com atenção,
Oniéguin não achou nessa feição
Traços da Tatiana de outrora.
Quer falar... não consegue. E agora
Ela lhe pergunta, em tom contido,
Se voltou há muito à capital,
Se veio da propriedade rural.
Mas, cansada, se volta ao marido,

E se afasta em passo arrastado.
Oniéguin fica paralisado.

XX

Será Tatiana a mesma, de fato,
Para quem, no início do romance,
Ele fez pose de homem sensato,
Impôs sua virtude, sem dar chance
Às esperanças do coração,
E pregou um implacável sermão?
Será dela a carta que ele guarda,
Na qual uma alma não se resguarda,
Se abre, exposta, livre, sincera?
Essa é a aquela... ou será um sonho?...
A menina que ele, com enfadonho
Desdém, humilhou com pompa austera?
Aquela assustada provinciana
Tornou-se tão altiva e soberana?

XXI

Ele sai com um aperto no peito,
Vai para casa, pensativo, aflito.
Perturba seu sono o efeito
De um sonho ora triste, ora bonito.
Acorda, e uma carta lhe é trazida:
O príncipe N. o convida
Para uma festa. "Puxa! A casa de Tânia!...
Ah, irei!..." E a resposta instantânea
Rabisca, educada, reverente.
Mas que sonhos ou visões estranhas
Sacodem, até o fundo das entranhas,
Sua alma fria e indolente?

Veleidade? Enfado? Ou, outra vez,
O elã dos jovens, o amor, talvez?

XXII

De novo, Oniéguin olha os ponteiros:
Não anda o tempo, o dia não passa.
Dão dez horas, ele sai ligeiro,
Chega aos saltos e, à porta, esvoaça,
Treme e entra na casa da princesa.
Ela está só, não mostra surpresa.
Alguns minutos, ficam sentados.
Os lábios de Oniéguin estão selados.
As palavras fogem, e ele, triste,
Mal responde ao que ela indaga.
Constrangido, sua mente divaga,
Mas uma ideia, ao fundo, persiste.
Ele olha para ela, insistente:
Está calma, segura, consciente.

XXIII

Logo chega o marido e põe fim
Ao *tête-à-tête** desagradável.
Com Oniéguin lembra algum gosto afim,
Brincadeiras de um tempo amigável.
Os dois riem. Chegam as visitas,
Animam a conversa com pepitas
Do sal grosso da malícia mundana.
Tagarelam em volta de Tatiana,
Com brilho e sem tola afetação.
Um bom senso sem vulgaridades,

* Em francês: "conversa a dois".

Sem a pompa de eternas verdades,
Interrompe essa conversação,
Sem que o ouvido de ninguém ofenda,
Por mais vivo e livre que se estenda.

XXIV

Está presente a flor da capital,
A elite e o modelo da moda,
Rostos sempre vistos em geral
E os tolos úteis à alta roda.
Ali estão damas já de idade,
Com toucas, rosas e ar de maldade,
Mocinhas que riem como guizos,
Rostos que nunca abrem sorrisos.
Está ali o embaixador que explica
As mais urgentes questões de Estado;
Está ali, de cabelo perfumado,
Um velho que, à moda antiga, aplica
Seu humor de argúcia e simpatia,
Que soa ridículo hoje em dia.

XXV

Está ali um amante de epigramas,
A quem tudo irrita e deixa possesso:
O tom vulgar de homens e damas,
O chá que servem doce em excesso,
O sucesso de um romance obscuro,
As revistas, a guerra, o futuro,
O prêmio dado a duas irmãs,*

___
* Refere-se a duas irmãs que ficaram órfãs de um general e foram premiadas com o título de damas de companhia da impe-

A neve, a esposa, a cor dos divãs.

....

....

....

....

....

....

XXVI

Está ali Prolássov,* afamado
Pelo caráter mais desprezível,
Que em mil álbuns deixou embotados
Teus lápis, St-Priest,** inconfundível;
Na porta, outro ditador de festa,
Como estampa de revista indigesta:
Rosto rubro como um querubim,
Roupa justa, imóvel até o fim;
E um viajante só de passagem,
Todo engomado, ar petulante,
Circunspecto, mudo e confiante,
Faz rir com tão desigual imagem.
Os convidados trocam olhares
E o condenam na corte dos jantares.

————

ratriz, indicado pelo monograma imperial, usado sobre a roupa
como uma medalha.
* Nome imaginário, que sugere pessoa carreirista, trapaceira.
** Emmanuil Karlóvitch Sen Pri (1806-28), descendente de
emigrados franceses, hussardo e desenhista, autor de caricaturas da alta sociedade de São Petersburgo. (Sen-Pri é transli-
teração para o russo do nome francês Saint-Priest.)

XXVII

Mas meu Oniéguin, a noite inteira,
Só por Tatiana se interessa.
Não a menina que se esgueira
E num susto seu amor confessa,
Mas a princesa altiva e impassível,
A majestosa, a inatingível
Deusa do Nievá. Ah, raça humana!
Bem espelha a mãe de que emana:
Eva ancestral! O que lhe é dado
Fácil e sem segredo não seduz.
A serpente sempre volta a luz
Para sua árvore do pecado.
O fruto proibido é preciso,
Ou nem o paraíso é paraíso.

XXVIII

Como Tatiana está mudada!
Como encarna seu papel, segura!
Como essa dignidade pesada
Vestiu fácil em sua figura!
Quem ousa achar a meiga menina
Nessa firme, imponente e divina
Legisladora de um salão?
E Evguiêni já moveu seu coração!
Na noite escura, enquanto Morfeu*
Não vinha, uma virgem tristeza
Velou a fronte da atual princesa,
Que os olhos vagos à lua ergueu,
Sonhando com ele, um dia, trilhar
Vida humilde de amor e de um lar.

* Na mitologia grega, deus do sono e do sonho.

XXIX

O amor cativa qualquer idade,
Mas, para os corações juvenis,
Seus surtos são como tempestade
Que varre os campos primaveris.
Na chuva de paixões, eles crescem,
Regeneram-se e amadurecem.
Em troca, a vida entrega, pujante,
O fruto doce, a flor luxuriante.
Mas, na idade infértil e tardia,
Ladeira abaixo nos natalícios,
Triste é a paixão de mortos resquícios.
A tempestade outonal e fria
Assim transforma em charco o prado
E deixa o bosque nu, desfolhado.

XXX

Não há dúvida: Evguiêni (é pena)
Apaixonou-se como criança;
Na angústia do amor se aliena,
Dia e noite, divaga em andanças.
Sem ouvir os rogos da razão,
Todo dia vai à porta, ao saguão
Envidraçado da casa dela.
Como sombra, a segue, se desvela.
Fica feliz se põe no seu ombro
Um boá de pele, ou se resvala
Na sua mão, de onde um calor exala.
Ou se ele afasta com desassombro
Lacaios que a cercam em batalhão,
Ou pega um lenço dela no chão.

XXXI

Mesmo que ele lute, ainda que morra,
Em Oniéguin ela nem repara;
Em casa o recebe com pachorra,
Falar com ele é coisa rara.
Ora só com a cabeça o saúda;
Ora nem o vê, alheia e muda.
De afetação, não há nem sinal,
Pois isso ali ficaria mal.
Cresce em Oniéguin a palidez;
Ou ela não vê, ou não tem pena.
Oniéguin definha, se apequena,
Já à beira da tísica, talvez.
Sugerem que vá, sem tardar mais,
Curar-se com águas medicinais.

XXXII

E ele não vai; antes partiria
Ao encontro dos antepassados.
Tânia nada vê, nem desconfia
(São dons da mulher, seus aliados).
Pertinaz, Oniéguin não desiste,
Nutre esperanças, luta e insiste.
Doente, toma coragem e à mesa,
Com a mão débil, para a princesa
Escreve uma carta apaixonada,
Embora ele ache, e com razão,
Que mandar cartas é esforço vão.
Mas a angústia encarniçada
Fez-se insuportável. Eis enfim
Sua carta, tim-tim por tim-tim:

A CARTA DE ONIÉGUIN PARA TATIANA

Já sei: meu segredo infeliz
Será para a senhora uma ofensa.
No olhar vai arder a cicatriz
Do desprezo e da amargura intensa.
O que eu pretendo? Com que intuito
Mostro à senhora meu sentimento?
Darei motivo talvez, se muito,
Para um maldoso divertimento!

Quando o acaso cruzou nossos caminhos,
Ao ver uma centelha de carinho,
Não me atrevi a acreditar,
Resisti ao costume do amor.
Minha liberdade, com pavor,
Não quis perder, temi arriscar.
Entre nós se ergueu outra barreira...
Liênski tombou, vítima infeliz...
Das coisas caras e verdadeiras
Ao meu coração eu me desfiz.
Renegado e com o mundo rompido,
Pensei: basta a calma e a liberdade,
Que eu logo esqueço a felicidade.
Que engano, o meu! Como fui punido!

Meu Deus! Poder vê-la a toda hora,
Seguir seus passos em toda parte,
Captar o sorriso que aflora,
O olhar que foge com fina arte,
Ouvi-la com vagar e atento,
Fundir-me em sua perfeição pura,
Sucumbir a seu lado, em tormentos,
Se esvair, morrer... eis a ventura!

Eis o que não tenho. Para vê-la,
Vago, me arrasto à toa, sem rumo.
Cada noite se apaga uma estrela,
Cada hora se esvai como fumo.
Meus dias estão todos contados,
E, entre os dedos do tédio, cansados
Tombam: dissipo assim minha vida.
Para que a morte mais tempo me aguarde,
Minha alma tem de estar convencida,
De manhã, de que vou vê-la à tarde...

Temo que seu olhar implacável
Verá nesta pobre prece apenas
Ardis de uma astúcia miserável —
Ouço até sua voz que me condena.
Se a senhora soubesse o que é queimar
Na torturante sede do amor,
Com a razão sempre aplacar
No sangue a revolta, o fervor;
Querer abraçar-me a seus joelhos
E, agachado a seus pés, soluçante,
Desfazer-me em confissões e apelos,
Tudo o que vier à voz arfante,
E, em vez disso, o olhar e a voz
Munir com frieza fingida,
Conversar calmamente entre nós,
Vê-la e mostrar-me feliz da vida!...

Assim seja: força, já não tenho
De travar luta contra mim mesmo.
Estou sob seu poder ferrenho,
À sorte me rendo: eu vivo a esmo.

XXXIII

Não tem resposta. De novo ele testa:
Mais uma carta, e ainda a terceira.
Não tem resposta. Há uma festa.
Mal ele entra, ela vem, altaneira.
No entanto, não olha, nada fala
E passa impávida pela sala.
Ah! Que ar severo, imperial
A envolve num frio glacial!
Como contendo uma indignação,
Fecham-se os lábios, tensos, tenazes.
Oniéguin observa com olhos vorazes:
Para onde se foi a compaixão?
E as lágrimas?... Nem sombra, nem nada!
Só rastos da raiva represada...

XXXIV

Mas talvez seja a ameaça obscura
De que o marido note, também,
A fraqueza casual, a aventura...
Coisas que Oniéguin conhece bem...
Sem esperança, vai-se embora à toa.
À própria loucura amaldiçoa.
Em si mesmo imerso até o fundo,
De novo renuncia ao mundo.
E, em seu gabinete sem vida,
Recorda o tempo do pior tédio,
Quando a *khandrá*,* em cruel assédio,
O acossou na mundana corrida,
Fincou as garras em seu pescoço
E o confinou num escuro fosso.

* Ver primeiro capítulo, estrofe XXXVIII.

XXXV

Volta às leituras e lê ao léu:
Desfolha um Gibbon, fuça Rousseau,
Herder, Bichat, Madame de Staël,
Lê Manzoni, Chamfort, Tissot;
Todo o Bayle, cético e sombrio,
Fontenelle,* de fio a pavio.
Com alguns russos muito se empenha,
Tudo interessa: nada desdenha.
Almanaques, revistas, jornais,
Onde os mesmos sermões choramingam,
Onde hoje em dia tanto me xingam,
Onde outrora eu via madrigais
Que a mim dedicavam, como flores.
E sempre bene,** meus bons senhores.

XXXVI

Seus olhos liam como eu leio,
Mas o pensamento se desgarrava.
Tristezas, desejos, devaneios,
No fundo da alma se aglomeravam.
E com os olhos da alma ele lia,

---

* Edward Gibbon (1737-94), historiador inglês, autor de *Declínio e queda do Império Romano*; Johann Gottfried Herder (1744- -1803), filósofo e crítico alemão; Xavier Bichat (1771-1802), médico e anatomista francês; Alessandro Manzoni (1785-1873), romancista e poeta italiano; Sébastien-Roch Nicolas de Chamfort (1741-94), poeta e jornalista francês; Pierre-François Tissot (1768-1854), historiador, ensaísta e tradutor francês; Pierre Bayle (1647-1706), filósofo francês; Bernard le Bouyer de Fontenelle (1657-1757), escritor e dramaturgo francês.
** Expressão da língua italiana: "Está tudo bem, não importa".

EVGUIÊNI ONIÉGUIN

Entre as linhas impressas que via,
Outras linhas e outras entrelinhas.
Nelas se afundava; delas lhe vinham
Ora misteriosas tradições
De uma era de amor obscura,
Sonhos semelhantes à loucura,
Ameaças, boatos, previsões;
Ora um longo conto de criança,
Ora carta de moça com esperança.

XXXVII

Seus sentimentos e a razão
Aos poucos tombam num torpor.
À sua frente, a imaginação
Abre um faraó* cheio de cor.
Ora ele vê, na derretida neve,
Tal quem dorme, em repouso breve,
Um jovem quieto, de ar absorto.
E soa uma voz: E então? Está morto.
Ora vê adversários antigos,
Vis, covardes, caluniadores,
Enxames de jovens traidores,
Um bando de sórdidos amigos,
Ou uma casa rural e, à janela,
Quem olha é *ela*... e sempre ela!

XXXVIII

Nos sonhos imerge e se projeta
A ponto de quase enlouquecer,

---

* Antigo jogo de baralho, em que a banca vai abrindo as cartas sobre a mesa.

Ou até mesmo, virar poeta.
Confesso: seria bom de ver!
De fato, meu aluno confuso
Quase alcança, em sua cela recluso,
Dos versos russos o mecanismo,
Graças à força do magnetismo.*
A um poeta ele é tão semelhante
Quando, baixinho, num dia frio,
Canta "Benedetta" ou "Idol mio",**
Junto à lareira, à luz cambiante,
Enquanto uma chama imprevista
Chamusca o chinelo ou uma revista.

XXXIX

Os dias voam, o ar se aquece,
Dilui-se o inverno, e Oniéguin não morre,
Não vira poeta, nem enlouquece.
A primavera vem e o socorre:
Pela primeira vez, se afasta
Da lareira, da janela vasta,
Dupla e tão grossa que a luz embota,
Onde hibernou qual uma marmota,
E sai à rua na manhã clara.
E, enquanto a luz do sol reflete

* Era corrente, à época, a crença no magnetismo como uma espécie de força sobrenatural.
** *Benedetta sia la madre* [Bendita seja a mãe], segundo uma carta de Púchkin, de julho de 1825, era uma canção, ou barcarola, de gondoleiro veneziano, para a qual o poeta Ivan Kozov compôs versos russos. *Idol mio* [Meu ídolo] talvez se refira à canção italiana "Se, o cara, sorridi" [Se, querida, tu sorrisses], de Vincenzo Gabussi (1800-46), na qual há o verso: "*Idol mio, piu pace non ho*" [Meu ídolo, não tenho mais paz].

Nos blocos de gelo* e a neve derrete,
Suja tudo, seu trenó dispara
Sobre a neve à beira do Nievá.
Com tal pressa, para onde irá

XL

Nosso Oniéguin? Decerto, o leitor
Já adivinhou: é mesmo infalível!
Voa para Tatiana. Que primor
É o meu excêntrico incorrigível.
E chega lá mais morto que vivo.
Ninguém o recebe: avança esquivo.
Ninguém na sala. Então segue em frente,
Abre a porta e o que é que, de repente
O faz parar e o deixa espantado?
Diante dele, sozinha, a princesa,
Sentada, pálida, com tristeza,
Roupa e cabelo desarrumados,
Lê uma carta e, à mão, apoia o rosto,
Onde andam lágrimas de desgosto.

XLI

Ah, nesse instante quem não veria
Seu sofrimento mudo, angustiante?
Quem na princesa não notaria
Tânia, a pobre Tânia de antes?
Na louca angústia do seu revés,
Nosso Evguiêni tomba a seus pés.
Ela treme, se mantém calada,
Olha para ele, sem fazer nada,

* No fim do inverno, o gelo dos rios se parte em blocos.

Sem surpresa, sem raiva nenhuma...
Vê o olhar de um doente que expira,
Implora, mudo, a censura e a admira.
Para Tânia não há dúvida alguma:
O coração dos sonhos de moça
Bate outra vez no peito com força.

XLII

Ela nem pede que se levante.
Sem baixar a mão dos lábios ávidos,
Cobertos por dedos palpitantes,
Dele não desvia o olhar impávido...
Que sonhos sua mente agora enseja?
Um longo silêncio ali rasteja.
Em voz baixa, enfim ela começa:
"Chega. Levante. Eu tenho pressa
De explicar. Lembra, Oniéguin, o dia
Em que na alameda, no jardim,
O destino baixou sobre mim
Sua mão? Lembra como eu ouvia,
Humilde, o sermão que ali me fez?
Pois agora será minha vez.

XLIII

"Então, Oniéguin, eu era mais nova,
Talvez uma pessoa melhor.
Eu o amava, quis dar uma prova.
E o que podia haver de pior
Do que encontrei no seu coração?
Secura, rigor sem compaixão.
Para você não era novidade
Um amor inocente. Não é verdade?

Meu Deus! Ainda hoje o sangue gela,
Se lembro o olhar frio, o sermão...
Mas reconheço que, na ocasião,
Você mostrou nobreza e cautela.
Comigo foi correto e direito.
E eu sou grata até o fundo do peito...

XLIV

"Lá, naqueles perdidos confins,
Longe deste mundo buliçoso —
Não é? —, você não gostou de mim.
Por que hoje me assedia, teimoso,
Me caça agora como um troféu?
Não é porque para você é o céu
Esta elite que eu à força frequento,
Sou rica e famosa no momento,
Meu marido é um herói das batalhas,
E a corte nos recebe com honras?
É porque, agora, a minha desonra
É notícia que logo se espalha
E há de ser para você o penhor
Da fama de grande sedutor?

XLV

"Estou chorando... Se ainda agora
Lembra a sua Tânia, deveria
Saber que aquele rigor de outrora,
A secura, a repreensão fria,
Se o destino ainda me desse opção,
Não trocaria por esta paixão,
Estas lágrimas e cartas vis.
Pois lá, dos meus sonhos juvenis,

O senhor teve ao menos piedade,
Ou por minha idade algum respeito...
Mas hoje o que lhe dá o direito
De pôr-se a meus pés? Que indignidade!
Como o coração e o pensamento
Se escravizam a tão vil sentimento?

XLVI

"Para mim, Oniéguin, esta vida
De luxo e brilho falso, aparente,
Minha casa rica, enobrecida,
Meu sucesso social crescente,
O que são? Trocaria, de bom grado,
Toda esta farsa de mascarados,
O clamor e a embriaguez sem fim,
Por livros numa estante, um jardim,
Um bosque, nosso recanto honesto,
Lá onde, pela primeira vez,
Oniéguin, eu o vi com timidez.
E pelo cemitério modesto
Onde a sombra de um ramo e da cruz
Guarda minha pobre babá da luz...

XLVII

"E tão fácil era a felicidade,
Estava tão perto!... Mas o meu destino
Foi traçado. Agi com leviandade,
Talvez. Mas minha mãe, já em desatino,
Entre lágrimas, me suplicou.
À pobre Tânia, o que restou?
Qualquer sina me era indiferente.
Casei. Peço-lhe, sinceramente,

Que me deixe. Precisa partir.
Eu sei. Existe em seu coração
Honra, orgulho, brio, distinção.
Eu amo o senhor (para que fingir?).
Mas deram-me a outro, pobre de mim,
E a ele serei fiel até o fim."

XLVIII

Ela sai. Parece que trovões
E um raio o deixaram fulminado.
Em que turbilhão de sensações
Seu coração se vê arrastado?
Ressoa de súbito um som de esporas.
É o marido que entra em cena agora.
E é agora, nesse mau momento
Para o nosso herói do desalento,
Que nós dois, leitor, o deixaremos,
Por muito tempo... Para sempre, até.
Com ele, cansando perna e pé,
Mundo afora, não mais andaremos.
Chegamos afinal à outra margem.
Hurra! Parabéns pela viagem!

XLIX

Quem quer que você seja, leitor,
Vamos nos despedir como amigos,
Mesmo que não sejamos: por favor.
Adeus. O que quer que aqui comigo,
Nestas estrofes desajeitadas,
Você buscou — memórias ousadas,
Repouso de trabalhos constantes,
Quadros vivos, palavras picantes

Ou graves erros gramaticais —,
Queira Deus que neste meu livrinho,
Para o sonho ou distração no caminho,
Para o amor ou brigas nos jornais,
Você descubra ao menos um grão.
Adeus! Aqui me despeço, irmão.

L

Adeus também, meu parceiro estranho,
E você, meu fiel ideal.*
E a esta obra, de pequeno tamanho,
Mas viva: Adeus! Você, afinal,
Revelou-me o que inveja um poeta:
Entre amigos, a conversa quieta;
Distância dos tumultos mundanos.
Voaram muitos meses e anos
Desde que a jovem Tatiana
E Oniéguin, num sonho conturbado,
Surgiram à minha frente, lado a lado.
E, em vagas linhas de filigrana,
Por um cristal mágico, num relance,
Vi ao longe o meu livre romance.

LI

E aos amigos a quem, furtivo,
As primeiras estrofes eu li...
Longe, alguns, outros, já não mais vivos,
Como num verso disse Saadi.**

* Refere-se, aqui, a Oniéguin e Tatiana.
** Saadi Shirazi (1213-83), poeta persa. Trata-se de um trecho
do poema "Bustan" [O jardim das flores]. A fonte de Púchkin

Sem eles, meu Oniéguin terminei.
E aquela com a qual eu formei
O doce ideal de Tatiana...
Tirou-me muito a sina tirana!
Feliz quem, cedo, a festa da vida
Deixou, sem beber até o fundo
A taça do vinho deste mundo,
Quem soube fazer a despedida
De seu romance sem ler o fim.
Como eu de Oniéguin e ele de mim.

foi uma tradução francesa. Entre os contemporâneos do poeta, estes versos eram lidos como uma alusão aos condenados pela revolta dos decabristas.

Notas do autor

1   Escrito na Bessarábia. [Norte da Moldávia.]
2   *Dandy*, janota.
3   Chapéu *à la Bolivar.*
4   Conhecido dono de restaurante.
5   Índice de um sentimento frio, digno de Childe Harold.
    [Herói do poema "Peregrinações de Childe Harold",
    de Lorde Byron.] Os balés do senhor Didlot são plenos
    de vivacidade da imaginação e de um encanto extraor-
    dinário. Um de nossos escritores românticos desco-
    briu neles muito mais poesia, talvez, do que em toda a
    literatura francesa.
6   *Tout le monde sut qu'il mettait du blanc; et moi, qui*
    n'en croyais rien, je commençais de le croire, non
    seulement par l'embellissement de son teint et pour
    avoir trouvé des tasses de blanc sur sa toilette, mais sur
    ce qu'entrant un matin dans sa chambre, je le trouvai
    brossant ses ongles avec une petite vergette faite exprès,
    ouvrage qu'il continua fièrement devant moi. Je jugeai
    qu'un homme qui passe deux heures tous les matins à
    brosser ses ongles, peut bien passer quelques instants à
    remplir de blanc les creux de sa peau. (*Confessions*, de
    J. J. Rousseau) [Todo mundo sabia que ele passava pó
    branco no rosto; e eu, que não acreditava em nada dis-
    so, comecei a acreditar, não só devido ao embelezamen-
    to de sua pele, como também por ter encontrado potes
    de pó branco em sua toalete e, principalmente, quando,
    ao entrar certa manhã em seu quarto, encontrei-o po-

lindo as unhas com uma escovinha especial, trabalho
que ele prosseguiu orgulhosamente a cumprir, à minha
frente. Eu achei que um homem que passa duas horas,
toda manhã, polindo as unhas, bem pode passar alguns instantes enchendo com pó os furos da sua pele.]

Grimm adiantou-se a seu tempo: hoje, em toda a
Europa ilustrada, limpam as unhas com uma escovinha especial.

7   Toda esta estrofe irônica não passa do que um fino
elogio a nossas belas compatriotas. Assim, Boileau,
sob a aparência de uma censura, elogia Luís xiv. As
nossas damas somam a cultura à amabilidade, e a ri-
gorosa pureza moral a esse encanto oriental, que tanto cativou Madame de Staël (Ver Dix années d'éxil
[Dez anos de exílio]).

8   Os leitores vão lembrar a encantadora descrição das
noites de Petersburgo no idílio de Gniéditch [N. I. Gniéditch (1784-1833), tradutor da Ilíada para o russo]:

É noite, mas não se apagaram as faixas douradas
das nuvens./ Sem estrelas e sem lua, toda a vastidão
se ilumina./ Ao longe, na beira-mar, veem-se as velas
prateadas/ Dos navios que mal conseguimos avistar,
como se navegassem no céu azul./ O céu da noite reluz
com um brilho sem sombra/ E o púrpura do pôr do sol
se funde com o ouro do leste:/ Como se a aurora, no
encalço do anoitecer, trouxesse/ A manhã rosada —
Era um tempo dourado,/ Parecia que os dias de verão ocupavam os domínios da noite./ Como o olhar
do estrangeiro fica fascinado com o céu do norte/ Pela
mágica fusão da sombra com a luz doce,/ Com a qual
jamais se enfeita o céu do sul./ Tal luminosidade, semelhante aos encantos de uma donzela do norte,/
Cujos olhos azuis e faces rubras/ Mal recebem a sombra das ondas dos cachos ruivos./ Então, à beira do
Nievá e junto à suntuosa Petropol, veem/ O anoitecer
sem crepúsculo e as noites rápidas sem sombras;/ Então, Filomela, mal termina as canções da meia-noite,/
Entoa canções que saúdam o dia que começa./ Mas é
tarde: o frescor soprou nas tundras do Nievá;/ Desceu

NOTAS DO AUTOR   277

o orvalho............../ É meia-noite: depois do rumor
de mil remos, ao entardecer,/ O Nievá não balança;
os hóspedes da cidade se foram,/ Nenhuma voz, na
margem, nenhuma onda, na água, tudo quieto;/ Só,
de quando em quando, um ronco, vindo das pontes,
desliza sobre a água./ Só algum grito perpassa ligeiro,
vindo de um vilarejo distante,/ Onde, de madrugada,
dois sentinelas gritam um para o outro./ Tudo dorme............................

9   De novo, o poeta comovido/ Vê a deusa benevolente,/
       Enquanto passa a noite insone/ Apoiado no parapei-
       to de granito. ("À deusa do Nievá", Muraviov) [M.
       N. Muraviov (1757-1807); Filomela serve, a partir do
       mito grego, como metáfora para o rouxinol.]

10   Escrito em Odessa.

11   Ver a primeira edição de *Evguiêni Oniéguin*.

12   Da primeira parte de *A sereia do Dnieper*.

13   Nomes gregos de sonoridade muito doce, como, por
       exemplo: Agafon, Filat, Fedora, Fiokla são usados,
       na Rússia, apenas por pessoas simples.

14   Grandison e Lovelace são heróis de dois romances fa-
       mosos.

15   *Si j'avais la folie de croire encore au bonheur, je le*
       chercherais dans l'habitude. [Se eu tivesse a loucura
       de ainda crer na felicidade, eu a procuraria no hábito]
       (Chateaubriand).

16   "Pobre Yorick". Exclamação de Hamlet diante do crâ-
       nio do bobo (ver Shakespeare e Sterne).

17   Na edição anterior, em vez de *domói letiat* [voam
       para casa], saiu impresso, por engano *zimói letiat*
       [voam no inverno] (o que não tinha nenhum sentido).
       Os críticos, como não se deram conta disso, aponta-
       ram um anacronismo nas estrofes seguintes. Ousa-
       mos assegurar que, em nosso romance, o tempo foi
       calculado segundo o calendário.

18   Julie de Wolmar: *Julie ou la Nouvelle Heloïse.* Malek
       Adel: herói de um romance medíocre de Mme. Cot-
       tin. Gustav de Linar: herói de uma novela encantado-
       ra da baronesa Krudener.

278   EVGUIÊNI ONIÉGUIN

19   *O vampiro*: romance erroneamente atribuído a Lord
        Byron. *Melmoth*: obra genial de Maturin. *Jean Sbogar*:
        famoso romance de Charles Nodier.

20   *Lasciate ogni speranza voi ch'entrate* [Abandonai
        toda esperança, vós que entrais]. Nosso autor mo-
        desto traduziu apenas a primeira metade do verso
        famoso. [O verso é do livro *Inferno*, terceira parte
        da *Divina Comédia*, de Dante Alighieri (1265-1321).
        Púchkin não inclui "quem entrar", como fizemos na
        tradução.]

21   Revista publicada, tempos atrás, de forma bastante
        irregular, pelo falecido A. Izmáilov. Certa vez, na
        própria revista, o editor pediu desculpas aos leitores
        por *folgar* nos feriados.

22   E. A. Baratínski.

23   Espantaram-se, nas revistas, ao ver que alguém era
        capaz de chamar uma simples camponesa de *dieva*
        (donzela), ao passo que senhoritas da nobreza foram
        chamadas de *dievtchónki* (mocinhas).

24   "Isto significa", observa um de nossos críticos, "que
        os meninos estão patinando". Correto.

25   Nas minhas belas primaveras/ Eu gostava do poético
        Aÿ/ Por causa da espuma chiante./ Ela se assemelha-
        va ao amor,/ Ou à louca juventude etc. (*Mensagem a
        L. P.*) [Poema que Púchkin dedicou ao irmão caçula,
        Liev Púchkin, em 1824.]

26   Auguste Lafontaine, autor de numerosos romances
        de família.

27   Ver "A primeira neve", poema do príncipe Viázemski.

28   Ver a descrição do inverno finlandês em "Eda", de
        Baratínski.

29   *O gato chama a gatinha/ Para dormir na estufa.* É
        previsão de casamento; a primeira canção vaticina a
        morte.

30   Desse modo, descobrem o nome do futuro noivo.

31   Nas revistas, julgaram as palavras *khlop* [som de pal-
        mas], *molv* [rumor] e *top* [som de bater os pés] uma
        inovação mal sucedida. Estas palavras são autentica-
        mente russas. "Bová saiu da tenda para se refrescar

NOTAS DO AUTOR

e ouviu, no campo aberto, o rumor de pessoas e o patear de cavalos." (*História do príncipe Bová* [conto do
folclore russo]). *Khlop* é usado na linguagem popular
em lugar de *khlopánie* [rumor], como *chip*, em lugar
de *chipiênie* [chiado]: "Ele fez *chip*, imitando uma
serpente" (*Poesia russa antiga*). Não se deve tolher a
liberdade de nossa língua, bela e rica.

32 Um de nossos críticos, de forma incompreensível, para
nós, parece ter visto, nestes versos, algo indecoroso.

33 Na Rússia, publicam-se livros divinatórios sob a autoria de Martin Zadieka, respeitável cidadão que jamais
escreveu nenhum livro divinatório, como afirma B.
M. Fiódorov.

34 Paródia dos conhecidos versos de Lomonóssov [M. V.
Lomonóssov (1711-65), cientista, gramático e escritor
russo]: *A aurora, com mão rubra,/ Das serenas águas
matinais,/ Traz o sol atrás de si* etc.

35 *Buiánov, meu vizinho,/ ..../ Veio ontem à
minha casa com o bigode por fazer,/ Descabelado,
roupa em fiapos, boné com pala...* ("O vizinho perigoso").

36 Nossos críticos, fiéis admiradores do belo sexo, con-
denaram com energia a indecência deste verso.

37 Dono de restaurante, em Paris.

38 Verso de Griboiédov.

39 Armeiro famoso.

40 Na primeira edição, o sexto capítulo terminava com
o seguintes versos: *E você, jovem inspiração,/ Comova minha imaginação,/ Anime o coração sono-lento,/
Voe mais vezes para o meu refúgio,/ Não deixe a alma
do poeta esfriar,/ Endurecer, tornar-se insensível,/ E,
por fim, virar pedra,/ No mortal enlevo da sociedade,/ No meio de arrogantes desalmados,/ No meio
de tolos esplendorosos,/ XLVII / No meio de crianças
astutas, pusilânimes/ Insanas, mimadas,/ Malvadas,
ridículas, maçantes,/ De juízes obtusos e capciosos,/
No meio de coquetes beatas,/ No meio de lacaios
voluntários,/ No meio de cenas da moda, de todos
os dias,/ De traições afetuosas e cordiais,/ No meio*

de sentenças frias,/ De um rebuliço impiedoso,/ No meio do vazio maçante/ Dos cálculos, dos pensamentos e das conversas,/ Neste redemoinho onde eu e vocês,/ Meus amigos, nos banhamos.

41 Lióvchin, autor de muitas obras de caráter econômico.

42 *Nossas estradas são um jardim para os olhos,/ Árvores, aterros com grama, canais,/ Muito trabalho, muita glória,/ Pena que, às vezes, não dá para passar./ Das árvores, sentinelas a postos,/ Os viajantes pouco aproveitam;/ Dizemos: a estrada é boa,/ E lembramos os versos: "para os passantes"!/ A estrada russa é transitável/ Só em dois casos: quando/ O nosso Mac-Adam, ou Mac-Eva,/ É aprimorado pelo inverno, que, tremendo de raiva,/ Em incursão devastadora,/ Algema a pista com o ferro do gelo,/ E a neve precoce recobre/ Suas depressões com sua poeira arenosa e felpuda,/ Ou quando o campo é tomado/ Por uma seca tão abrasadora/ Que uma mosca, de olhos fechados,/ Pode até atravessar um charco.* ("Estações", do Príncipe Viázemski)

43 Imagem tomada de empréstimo de K..., de imaginação tão sabidamente jocosa. K... contou que, certa vez, foi enviado pelo príncipe Potiómkin [G. A. Potiómkin (1739-91), militar, político poderoso, amante de Catarina II] com uma mensagem para a imperatriz e viajou tão depressa que a ponta de sua espada, quando se projetava um pouco para fora da carruagem, batia nos marcos das verstas como se fossem estacas de uma cerca.

44 Um *raut* [do inglês *rout*]: reunião noturna, sem baile; na verdade, significa multidão.

Fragmentos da viagem de Oniéguin*

O último capítulo de *Evguiêni Oniéguin* foi publicado à parte, com o seguinte prefácio:

"As estrofes retiradas deram motivo, várias vezes, a repreensões e zombarias (aliás, muito justas e espirituosas). O autor confessa, com franqueza, que subtraiu de seu romance um capítulo inteiro, no qual é descrita a viagem de Oniéguin pela Rússia. Caberia a ele assinalar, com pontinhos ou com um número, esse capítulo extirpado; contudo, para evitar a tentação, ele achou melhor pôr o número oito, em vez do nove, acima do último capítulo de *Evguiêni Oniéguin*, e sacrificar uma das últimas estrofes:

É hora: a pena pede descanso;
Escrevi nove cantos a fio;
E a nona onda, em seu balanço,
Pôs em terra meu barco erradio.
Louvadas sejam, nove camenas** etc....".

* Todo o texto desta apresentação foi escrito por Púchkin (embora ele disfarce sua autoria) e foi por ele publicado da forma como aqui está apresentado.
** Na mitologia romana, as camenas eram ninfas das fontes, das águas. Passaram a ser identificadas com as musas da mitologia grega.

P. A. Katiênin (cujo talento poético brilhante não o impede de ser também um crítico agudo) nos fez ver que tal exclusão, talvez vantajosa para os leitores, prejudica, no entanto, o plano da obra em seu todo; pois, desse modo, a transição da Tatiana, mocinha de província, para a Tatiana, dama famosa, se torna demasiado abrupta e sem explicação. É uma observação que revela um artista experiente. O próprio autor percebeu a pertinência do comentário, mas decidiu retirar esse capítulo por razões importantes para si, não para o público. Alguns fragmentos foram publicados; nós os enfileiramos aqui, adicionando mais algumas estrofes.

E. Oniéguin vai de Moscou para Níjni Nóvgorod:

....
.................................à sua frente,
Makáriev* ferve de tanta fartura
No alvoroço vão de tanta gente.
Para cá traz pérolas o indiano;
Vinho falso, o europeu leviano;
Um criador de cavalos ruins
Traz manadas da estepe sem fim;
O jogador traz seus velhos dados
E baralhos de ocultas figuras;
O fazendeiro, as filhas maduras,
E elas, modas de anos passados.
Cada um grita e mente por mil;
Reina o espírito mercantil.

*

Tédio!...

* Nome da feira anual de verão de Níjni-Nóvgorod, uma das maiores da Rússia.

FRAGMENTOS DA VIAGEM DE ONIÉGUIN 283

Oniéguin vai para Astrakhan e, de lá, para o Cáucaso.

Ele vê: a corrente impetuosa
Do Terek* cava as margens escarpadas;
No céu paira a águia majestosa;
Um cervo abaixa suas galhadas;
À sombra da rocha, um camelo;
Da Circássia** galopa um murzelo;
Junto às tendas nômades, ovelhas
De calmucos pastam ao som de abelhas.
Ao longe, as montanhas caucasianas,
Fronteira natural, hoje aberta
Por guerras arriscadas e incertas.
Através de ravinas insanas,
À beira do Arágvi e do Kurá,***
As tendas russas chegaram lá.****

*

Guardião eterno do deserto,
O Bechtu ergue o pico pontudo
Entre morros que apontam por perto.
E o Machuk***** verdejante, agudo,
Emana águas medicinais.
Em seus mágicos mananciais
Se aglomeram os doentes da terra.
Vítimas das honras da guerra,

* Rio do Cáucaso.
** Nome de uma região do Cáucaso que, hoje, abrange três repúblicas da Federação Russa.
*** Arágvi e Kurá são rios do Cáucaso.
**** Pedro I (o Grande) levou as tropas russas ao Cáucaso no início do século XVIII.
***** Bechtu e Machuk são montanhas do Cáucaso.

De hemorroidas, ou de Afrodite*
Creem que os frouxos fios da vida
Se firmam com a água ali nascida.
O mal antigo, a coquete admite
Deixar para trás; crê o velho astuto
Remoçar, ainda que só um minuto.

*

Rodeado dessa gente triste,
Nutrindo amargos pensamentos,
Oniéguin, desolado, assiste
À fuga dos regatos fumarentos.
E, em névoas de mágoa, a mente fala:
"Por que não vazou meu peito uma bala?
Por que não sou um velho alquebrado,
Como aquele pobre endinheirado?
Por que, como aquele promotor,
Em Tula,** não fiquei paralítico?
Por que meu ombro não é artrítico,
Nem mesmo reumático? Ah, Criador!
Sou jovem, de um vigor sem remédio.
O que posso esperar? Tédio, tédio!...".

Depois Oniéguin visita a Táurida:

Terra santa da imaginação:
Lá Pílades lutou contra o Atrida,
Com mão alheia matou-se Mitrídates,***

* Deusa do amor e do sexo, na mitologia grega. No caso, o texto
refere-se a doenças venéreas.
** Cidade na Rússia.
*** Na mitologia grega, Pílades e o Atrida (Orestes) simbolizam
a amizade ideal. Na Crimeia (Táurida), cada um deles se ofereceu para morrer no lugar do outro. Mitrídates (ou Mitridates)

FRAGMENTOS DA VIAGEM DE ONIÉGUIN 285

Mickiewicz* cantou com inspiração
E entre as escarpas litorâneas
Relembrou a sua Lituânia.

*

Táurida, como sua costa é bela,
Vista de um navio de manhã,
Como eu a vi, quando no céu vela
A luz de Vênus — da lua a irmã.
Eu a vi numa luz nupcial:
O azul no céu de claro cristal
Refletia-se em suas vastas montanhas.
Vilas, vales, árvores tamanhas
Desdobraram-se à minha frente.
Lá entre os tártaros e seus abrigos...
Que ardor profundo mexeu comigo!
Que angústia e magia diferente
Contraiu meu peito inflamado!
Mas, Musa! Deixemos o passado.

*

Quaisquer que fossem meus sentimentos,
Hoje, que diferença isso faz?

(132-63 a.C.) foi rei do Ponto entre 120 e 63 a.C. Ele ordenou que
um criado o matasse com uma espada, segundo a versão apresentada na tragédia *Mitrídates* (1673), do dramaturgo francês Racine, que Púchkin conhecia.
* Adam Bernard Mickiewicz (1798-1855), poeta polonês que esteve na Crimeia e lá escreveu os *Sonetos da Crimeia* (1815). Foi
amigo de Púchkin por um tempo. Posteriormente, por motivos
políticos, os dois se desentenderam. Mickiewicz estudou e, depois, viveu por um tempo na Lituânia, país que, no passado, tinha se incorporado à Polônia, como um único reino.

Apagaram-se no firmamento;
Ânsias de outrora, descansem em paz!
Pareciam-me então necessárias
Cor de pérola e luz das praias,
Ondas no penhasco e seu barulho,
O ideal de moça com orgulho
E sei lá que inominada mágoa...
Dias idos, desfeitas quimeras.
Durmam quietas, minhas primaveras.
Já misturei muita insossa água
De altos sonhos e verborragia
Na taça de vinho da poesia.

                    *

É de outro cenário que eu preciso:
Pequena isbá com duas sorveiras,
Cerca quebrada, trenó com guizos,
Areia e lama na ladeira,
Nuvem cinzenta que o céu enxovalha,
Junto ao celeiro, montes de palha.
Bando de patos num velho açude,
Sob um salgueiro, em sombra e quietude.
Hoje, a balalaica é o que eu prefiro:
Na porta da taberna, o embriagado
Trepak* e seu febril sapateado.
A uma vida em sossego eu aspiro;
Uma dona de casa é o meu ideal,
*Sopa no prato e eu, o maioral.***

* Dança tradicional russa, com saltos acrobáticos e sapateado de cócoras.
** Citação de um verso de Antiokh Kantirmir (1808-44), poeta russo, natural da Moldávia, que diz, literalmente: "Um pote de sopa de repolho e eu, o maioral".

*

Um dia, há pouco tempo, chovia,
E eu fui ao curral... Ai, que lenga-lenga!
Arre! Que prosaicas ninharias,
Lixo em tons de escola flamenga!*
Na juventude eu era assim? Vai,
Me diz, fonte de Bakhtchissarai!**
Foram ideias desse gabarito
Que me trouxe o seu rumor infinito,
Quando, à sua frente, emudecido,
Imaginei a minha Zarema?...
Três anos depois desse poema,
Por lá andou Oniéguin perdido
E em salões de luxo desertos
De mim lembrou-se: eu morava perto.

*

Eu morava na poeirenta Odessa...
Lá, o céu demora a escurecer,
Lá, o comércio ferve e não cessa,
Enfuna as velas, toca a vender.
Lá, respira a Europa em toda parte.
Tudo a luz do sul pinta com arte,
Em cores vivas e variadas.
A língua da Itália dourada
Soa alegre na rua e no sol,
Onde circula o orgulhoso eslavo,

---

* Escola de pintura do século XVII que retratava cenas da vida cotidiana.
** Cidade na Crimeia. A lenda de uma fonte local (chamada Fonte de Lágrimas), que Púchkin visitou em 1820, inspirou o seu poema narrativo "A fonte de Bakhtchissarai", escrito entre 1821 e 1823. Zarema é uma das personagens femininas do poema.

O grego, o armênio e o gordo moldavo,
O francês e o arguto espanhol,
E o filho do Egito, o temerário
Morali,* aposentado corsário.

*

Tumánski,** nosso amigo, pintou
Odessa com os mais sonoros versos.
Mas nesse tempo ele a contemplou
Com os olhos na paixão imersos.
Chegando lá, como um bom poeta,
No nariz seu lornhão ele espeta
E à beira-mar sozinho passeia...
Depois a pena, que encanta e floreia,
Dá glórias aos jardins de Odessa.
Tudo bem, se não fosse um problema:
Tudo em volta é de uma aridez extrema —
Estepe onde plantaram às pressas,
Na tarde em brasa, alguns arbustos
Que abrem sombras magras a custo.

*

Mas onde anda meu relato sem nexo?
Sim, eu disse: na Odessa poeirenta.
Mas não mentia, se, por reflexo,
Dissesse: Odessa lamacenta.
Cinco ou seis semanas por ano,
Por vontade de Zeus soberano,
Odessa inundava, submergia,

---

* Ou seja, o Mouro Ali (em francês, Maure Ali). Trata-se de um
egípcio, ex-capitão de navios, que Púchkin conheceu em Odessa.
** Vassíli Ivánovitch Tumánski (1800-60), que Púchkin co-
nheceu em Odessa.

Na lama espessa que subia,
Em toda casa, a um *archin** de altura.
Pés e rodas, nesse pantanal,
Afundam. Só em pernas de pau,
A cruzar a rua alguém se aventura.
Nas *drójki*,** o cavalo é trocado
Pelo boi de chifre abaixado.

*

Já quebra pedra o malho rascante
E salva a cidade da desgraça:
O calçamento sacolejante
A recobre como uma couraça.
Só que, nessa Odessa tão molhada,
Falta uma coisa mais complicada.
Não sabem? A água, a duras penas,
Chega à cidade, e em porções pequenas...
E daí? Não dá para incomodar.
Ainda mais quando o vinho é barato,
Sem taxa, impostos e correlatos.
Sem falar do sol do sul, do mar...
Amigos: que mais alguém deseja?
Terra abençoada e benfazeja!

*

Assim que o canhão de um navio
Com um tiro anuncia a alvorada,
Desço até o mar por um desvio,
Pela encosta íngreme e escarpada.
Reanimado por sal e espuma
E por um cachimbo que arde e fuma,

* Um *archin* equivale a 71 centímetros.
** Charretes leves com quatro rodas.

Como um mouro no Céu de Maomé,
Vou beber com borra o meu café.*
Depois dou um passeio. O Cassino
Já abriu: ressoam copos e pratos.
Na entrada, um empregado novato
Varre o chão, com sono e ar de menino.
Na varanda, com rostos confiantes,
Já aguardam dois comerciantes.

*

De súbito a praça ganha cor,
Tudo se anima, é só correria:
Corre o vadio e o trabalhador,
Mas quem trabalha é maioria.
Filho do lucro, do risco e da feira,
O mercador vai ver que bandeiras
Atracaram e se as velas trazidas
Nos ventos do céu são conhecidas.
Que produtos, de leste ou oeste,
Chegaram na atual quarentena?
Vinho em barris, mais de uma centena?
E onde há incêndios? Onde há uma peste?
Ele quer notícias, novidade:
Há fome, guerras, calamidade?

*

Mas nós, rapaziada vadia,
Entre ativos comerciantes,
Só esperávamos, noite e dia,
As ostras de Tsargrad,** faiscantes.

* Trata-se do café à turca, maneira especial de preparar e servir a bebida, até hoje popular na Rússia.
** Outro nome de Constantinopla (ver primeiro capítulo, estrofe XXIV).

E as ostras? Chegaram! Hurra! Viva!
A juventude gulosa saliva,
Devora as prisioneiras gordinhas,
Frescas, vivas, nas conchas marinhas,
Com um leve borrifo de limão.
Conversa alegre, vinho suave,
Transportado direto da cave
Para a mesa, e servido por Otón.*
O tempo voa, e a conta agourenta,
No entanto, invisivelmente aumenta.

*

Mas a tarde azul já escurece:
Vamos à ópera, toda a tropa!
Vão tocar o Rossini, conhece?
É o Orfeu** queridinho da Europa!
A crítica severa ele ignora;
Ele é o mesmo e é novo a toda hora,
Derrama as notas, e elas fervilham,
Espumam, ardem, queimam e brilham,
Como beijos jovens abrasados
Na volúpia do amor chamejante,
Como do Aÿ, champanhe espumante,
Saem o jato e os respingos dourados.
Mas comparar isto eu nunca vi.
Será justo? O vinho e o dó-ré-mi?

*

Mas lá só contam esses encantos?
E o indiscreto lornhão que espiona?

---

* Conhecido dono de restaurante em Odessa. [Nota de Púchkin.]
** Na mitologia grega, músico que, por meio de sua arte, tentou salvar a esposa do mundo dos mortos.

E os bastidores e seus recantos?
E o balé? E a prima-dona?
E o camarote onde, radiante,
A jovem esposa do negociante,
Com um bando de escravos ao redor,
Lânguida, sabe que é a melhor?
Faz que ouve, mas não assimila
A cavatina, os rogos, as gracinhas,
Entre lisonjas e louvaminhas.
Atrás dela, o marido cochila.
Acorda e grita: "Fora", boceja,
Cai no sono e de novo ronqueja.

*

Troveja o final. Foge a plateia,
Se aperta na porta, aos empurrões.
Saem à praça após a estreia,
À luz de estrelas e lampiões.
Os filhos da Ausônia* cantam em glória
Um tema jocoso que a memória
Guardou sem querer e, sem motivo,
Nós zurramos o recitativo.
Mas já é tarde: Odessa adormece.
No calor, foge o ar rarefeito,
A lua sobe muda, e o efeito
É de um véu em que transparece
O vasto céu. Em volta, silêncio.
Só marulhos do mar Negro imenso...

*

Assim eu vivia em Odessa...

* Ou seja, os italianos. Ausônia vale como nome histórico da
Itália.

Apêndice
Décimo capítulo

I

Um soberano fraco e astuto
Esnobe careca, hostil ao trabalho,
Por acaso agasalhado pela glória,
Reinava sobre nós, na época
....

II

Nós o conhecemos muito humilde
Quando cozinheiros estrangeiros
Depenaram a águia de duas cabeças
Na tenda de Bonaparte*
....

III

A tempestade do ano 12
Começou — quem nos ajudou?

* A águia de duas cabeças é o símbolo do Império Russo. A estrofe se refere ao encontro entre o tsar Alexandre I e Napoleão, no tratado de paz de Tilsit, em 1807.

A fúria do povo,
Barclay, o inverno ou o Deus russo?*
....

IV

Mas Deus ajudou — o descontentamento baixou
E logo, com a força das coisas,
Nós fomos até Paris,
E o tsar russo, o chefe dos tsares**
....

V

E quanto mais gordo, mais pesado.
Ó nosso povo russo tolo,
Diga por que você, de fato
....

VI

Talvez, ó xibolete*** do povo,
A ti eu dedicaria uma ode,

* Em 1812, Napoleão invadiu a Rússia. Mikhail Bogdánovitch
Barclay-de-Tolly (1761-1818) comandou as tropas russas na parte inicial da guerra, em que Napoleão avançou. O "deus russo"
era uma expressão convencional na imprensa da época.
** As tropas russas expulsaram Napoleão e, em 1815, chegaram
a Paris. O tsar Alexandre I, por sua posição de supremacia na
coalizão vencedora, era chamado de "rei dos reis", na imprensa
europeia.
*** Palavra oriunda do hebraico que designa algum traço de
fala que distingue dois povos. No Velho Testamento, indicava
aquilo que distinguia duas tribos semitas.

Mas um grande versejador
Já se antecipou a mim*
....
Os mares couberam a Albion**
....

VII

Talvez, esquecendo as rendas,
O santarrão se tranque num convento,***
Talvez, por um gesto de Nicolau,
A Sibéria devolva às famílias****
....
Talvez consertem as estradas
....

VIII

O bravo do destino, o viajante injurioso,
Frente ao qual os papas se humilharam,
O cavaleiro coroado pelo papa,*****
Que desapareceu como a sombra da aurora,
....
Exaurido pelo castigo do repouso
....

* Trata-se de uma ode escrita por I. M. Dolgorúkov (1764-1823).
** Inglaterra.
*** Refere-se a A. N. Golítsin, ministro de Alexandre I, famoso por seu misticismo.
**** Refere-se ao tsar Nicolau I e a uma possível anistia para os decabristas, exilados na Sibéria.
***** Refere-se a Napoleão, que foi coroado imperador pelo papa.

IX

Os Pireneus tremeram ameaçadores —
O vulcão de Nápoles ardeu,
O príncipe maneta piscou de Kichniov
Aos amigos da Moreia.*
....
Punhal de L, sombra de B**
....

X

Rechaçarei todos, com meu povo —
Nosso tsar, no congresso, falou,
E sobre você ele nem quer saber,
Seu lacaio de Alexandre***
....

XI

O regimento de brinquedo de Pedro Titã,
Tropa de velhos bigodudos,

* Moreia é uma província ao sul da Grécia (equivale ao Peloponeso). Kichniov fica na Moldávia, onde estava exilado Alexander Ypsilanti (o príncipe maneta), que preparava um levante na Grécia contra os turcos. Os versos têm como pano fundo uma série de revoltas ocorridas na Europa, nos primeiros anos da década de 1820.
** As iniciais são alusão ao assassinato do duque de Berry, filho do rei Carlos x, por Pierre Louvel, um bonapartista, em 1820.
*** Refere-se a Aleksei Andréievitch Araktchéiev (1769-1834), general e político de prestígio, durante o reinado de Alexandre 1. Este tsar participou de alguns congressos internacionais, destinados a reprimir os movimentos revolucionários na Europa.

Que outrora traíram o tirano,
Súcia de carrascos ferozes*

....

XII

A Rússia voltou à paz,
E o tsar tratou de se divertir,
Mas muitas centelhas de fogo
Havia, talvez, desde longa data

....

XIII

Tinham suas assembleias populares
Com copos de vinho,
Com cálices de vodca russa

....

XIV

Conhecidos pela retórica contundente,
Os membros dessa família se reuniam
Na casa do inquieto Nikita,
E do cauteloso Iliá**

....

* Pedro I criou o regimento de Semiónovski inspirado em seus brinquedos de criança. Muitas décadas depois, os soldados desse regimento participaram do assassinato do tsar Paulo I (o "tirano", na estrofe), pai de Alexandre I.
** Nikita Muraviov (1796-1843), autor do projeto de uma constituição para a Rússia. Iliá Dolgorúkov (1798-1848) era membro da sociedade secreta União da Prosperidade. Ambos participaram da revolta dos decabristas.

XV

Amigo de Marte, Baco e Vênus,
Lá Lúnin propôs com audácia
Suas medidas enérgicas
E falava com inspiração.
Púchkin leu seus poemas de Natal,
O melancólico Iakúchkin,
Parece, desnudou
O punhal com que ia matar o tsar.
Vendo no mundo só a Rússia,
Perseguindo o seu ideal,
O coxo Turguêniev ouvia atento
E, com ódio ao látego da escravidão,
Antevia, naquele bando de nobres,
Os libertadores dos camponeses.*

XVI

Isso ocorria à beira do Nievá congelado.
Mas lá onde, antes, a primavera
Brilhou na sombria Kamienka,
E também junto aos morros de Túltchin,
Onde as tropas de Wittgenstein
Acamparam, nas terras banhadas pelo Dnieper
E nas estepes do Bug,

---

* A estrofe descreve as reuniões mencionadas na estrofe anterior
e enumera seus participantes. Púchkin, na verdade, jamais compareceu às reuniões dos decabristas propriamente, mas conhecia
de perto muitos deles e frequentava suas casas. O escritor, porém, lia poemas em reuniões menos conspirativas. O Turguêniev
mencionado era Nikolai Ivánovitch Turguêniev (1789-1871),
que não deve ser confundido com o escritor Ivan S. Turguêniev
(1818-83).

As coisas tomaram novo rumo.
Lá, Piéstiel — para os tiranos
E a tropa....... recobrou forças
O general de sangue-frio,
E Muraviov, persuadindo-o,
Cheio de audácia e forças,
Queria apressar a hora da explosão.*

XVII

No início, essas conspirações,
Entre o Lafite e o Clicquot,**
Eram só discussões de amigos
E não entravam fundo
No cerne da ciência da revolta,
Tudo não passava de tédio,
Ócio de mentes jovens,
Distrações de adultos travessos,
Parecia............................
Passo a passo...................
Gradualmente, por uma rede secreta,
A Rússia............................
Nosso tsar cochilava.............

* Kamienka era uma fazenda junto ao rio Dnieper, onde os decabristas locais se reuniam. Túltchin era uma pequena cidade onde estava sediado o Segundo Exército, comandado pelo conde Wittgenstein (1768-1842). Bug é um rio. Pável Ivánovitch Piéstiel (1793-1826) era alto comandante militar e um dos líderes da revolta decabrista. Foi executado na forca. O Muraviov mencionado aqui não é o Nikita que registramos anteriormente, mas outro decabrista: Serguei Ivánovitch Muraviov-Apostol (1796-1826).
** Marcas de vinho e champanhe francês. A refeição começava com vinho (Lafite) e terminava com champanhe (Clicquot).

LEIA MAIS PENGUIN-COMPANHIA
CLÁSSICOS

Fiódor Dostoiévski

Noites brancas

Tradução do russo, apresentação e notas de
RUBENS FIGUEIREDO

São Petersburgo, século XIX. Um homem solitário vaga pela cidade noite adentro, deixando que o sentimento de cada rua, esquina ou calçada o penetre. Durante a caminhada, avista uma mulher aos prantos encostada no parapeito de um canal. Ao acudi-la, tem início um idílio fadado a se dissipar como a tênue claridade das noites de verão na Rússia.

Quanto mais o anônimo narrador se aproxima da jovem Nástienka, mais parece se distanciar de sua melancólica vida anterior. Em quatro encontros, no entanto, a crescente intimidade dos dois personagens chega a um inesperado desfecho, quando a última noite por fim termina.

A novela de 1848, tida como uma das obras-primas de Dostoiévski no gênero breve, é acompanhada neste volume pelo conto "Polzunkov", escrito no mesmo ano, que mostra uma faceta mais caricata de um dos maiores autores da literatura russa.

WWW.PENGUINCOMPANHIA.COM.BR

LEIA MAIS PENGUIN-COMPANHIA
CLÁSSICOS

Anton Tchékhov

A estepe

Tradução e introdução de
RUBENS FIGUEIREDO

Com *A estepe*, pela primeira vez Anton Tchékhov, aos vinte e oito anos e já com vasta quilometragem como colaborador de jornais e revistas literárias, tentou produzir uma narrativa mais extensa. Tarefa desafiadora mas, como se lê hoje, bem-sucedida.

O subtítulo — *História de uma viagem* — parece sintetizar a situação central: a viagem de um menino que parte para estudar em outra cidade e, para isso, percorre alguns dias pela vasta estepe russa. Mas também apresenta o caráter múltiplo do texto: um relato da experiência, uma narrativa ficcional, um estudo de tipos humanos, a pintura da natureza, além de retratos das atividades econômicas, das relações sociais e das mudanças de comportamento em curso.

O russo Anton Tchékhov (1860-1904) escreveu contos, narrativas e algumas das mais sutis e penetrantes observações psicológicas do teatro ocidental em textos como *A gaivota*, *As três irmãs* e *O jardim das cerejeiras*.

Esta obra foi composta em Sabon por Alexandre Pimenta
e impressa em ofsete pela Geográfica sobre papel
Pólen Natural da Suzano S.A. para
a Editora Schwarcz em janeiro de 2023

A marca FSC® é a garantia de que a madeira utilizada na fabricação do papel deste livro provém de florestas que foram gerenciadas de maneira ambientalmente correta, socialmente justa e economicamente viável, além de outras fontes de origem controlada.